Das Buch

Willma hat reich geheiratet und sieht es als ihre erste Pflicht an, ihren gesellschaftlich anerkannten Mann immer und überall zu unterstützen.

Steama ist ein kleinkrimineller Junkie.

Loreen verdient ihr Geld im Escortservice und manchmal auch als Domina.

Die drei sitzen zusammen im Sammeltaxi, um mal eben zurück in die Stadt zu fahren. Dass sie vom Fahrer wegen drohender Lenkzeitüberschreitung über Nacht im Haus seines Schwagers einquartiert werden, finden die drei lästig, aber überhaupt nicht unüblich.

Bald merken sie, dass das Fehlen einer Türe durch die sie das Haus wieder verlassen können, nicht die einzige Überraschung ist, die das Haus für sie bereithält. Auf sehr unterschiedliche Weise müssen sich die drei mit einigem von dem auseinandersetzen, was bisher in ihren Leben passiert ist.

Dass sich darunter auch ein Ereignis verbergen könnte, das sie besonders eng aneinander bindet, kommt keinem der drei in den Sinn.

Zwischen den Welten

Dies ist das vierte Buch aus der Reihe „Zwischen den Welten". Der wesentliche Unterschied zu den drei Vorgängern ist, dass ich erst jetzt gemerkt habe, dass „Zwischen den Welten" eine gute Überschrift für diese Bücher ist.

Mehr dazu auf http://gabrobe.jimdo.com/

Gab Robe

Das Haus an der Landstraße

Aus der Reihe: Zwischen den Welten

Bibliografische Information der Deutschen Nationalbibliothek. Die Deutsche Nationalbibliothek verzeichnet diese Publikation in der Deutschen Nationalbibliografie; detaillierte bibliografische Daten sind im Internet über www.dnb.de abrufbar.

Herstellung und Verlag:	BoD – Books on Demand - Norderstedt
Umschlaggestaltung:	Gab Robe

© 2017 Gab Robe

ISBN 978-3-74318820-4

Sammeltaxi

„So ein Glück, dass ich Sie erwischt habe. Ich war gar nicht darauf eingerichtet, mich selber um meine Rückfahrt kümmern zu müssen."

Die mehr teuer als geschmackvoll gekleidete Dame nahm auf dem Beifahrersitz des Großraumtaxis Platz.

„Kennen Sie das Musikantenviertel? Meine Adresse lautet Goethestrasse 15. Ja, fangen Sie gar nicht erst an, mir zu erzählen, dass Goethe selbstverständlich ein Schriftsteller und kein Musiker oder Komponist war. Leider hatte bei der Gemeinde irgendjemand eine sehr erhebliche Bildungslücke oder er wollte einfach mal einen Akzent setzen. Ich habe das nie herausgefunden und habe das bestimmte Gefühl, dass ich es auch nicht mehr erfahren werde."

Sie schaute den Taxifahrer, der den Wagen über die verlassene Landstraße steuerte, von der Seite an.

„Sie sehen gar nicht aus wie ein Taxifahrer. Wohl eine unvorhergesehene Wendung in Ihrem Leben? Oder wie kommt das, dass Sie in einem Anzug arbeiten, der perfekt für einen Opernbesuch geeignet ist? Zumindest wenn man zu den Menschen gehört, die wissen wann man was zu tragen hat. Nicht so wie diese jungen Leute, die vollkommen orientierungslos durch ihr Leben stolpern. Das hätte es zu meiner Zeit nicht gegeben. Ja, wir waren auch wild, aber immer in geordneten Bahnen. Von uns hat sich keiner so gehen lassen."

Hinter dem Seitenfenster flog die Landschaft in der aufkommenden Dämmerung vorbei. Gruppen groß gewachsener dunkler Tannen wechselten sich mit hochstehenden Wiesen ab, über denen sich die Feuchtigkeit bereits zu kleinen Dunstwolken vereinte.

„Nun sagen Sie schon. Warum haben Sie so einen eleganten Anzug an? Ich bin mir sicher, dass der Anzug perfekt sitzt. Habe ich Recht? Natürlich habe ich Recht. Ich sehe so etwas. Maßgeschneidert. Keine Frage."

„Nehmen Sie es einfach als eine Verbeugung Ihnen gegenüber."

Für den Bruchteil einer Sekunde zog sie missbilligend die Augenbrauen zusammen.

„Also, um das mal festzuhalten: Ich bin froh, Sie überhaupt erwischt zu haben, aber fangen Sie jetzt nicht an, mir zu erzählen, Sie hätten mich an dieser gottverlassenen Kreuzung stehen sehen und sich dann gedacht: Ah, da ist ja eine Dame der gehobenen Gesellschaft. Dann will ich mir mal schnell meinen besten Anzug anziehen. Halten Sie mich nicht für blöd. Halten Sie mich niemals für blöd. Da sind schon ganz andere auf dem Bauch gelandet. Ich hoffe, ich habe mich klar ausgedrückt?"

„Selbstverständlich gnädige Frau. Es liegt mir fern irgendwelche Späße auf Ihre Kosten zu machen. Es ist nur meine Aufgabe, dafür zu sorgen, dass sich meine Fahrgäste wohl fühlen. Wenn mir dies durch den Anzug gelungen ist, dann ist es mir eine Freude."

Die Dame warf einen zufriedenen Seitenblick auf den Fahrer. Dass sie so etwas noch einmal erleben würde, hätte sie kaum zu träumen gewagt. Man erlebt doch sonst immer viel zu viele negative Überraschungen und Enttäuschungen.

„Perfekt, guter Mann. Perfekt. Ich frage mich nur, wann diese elende Straße endlich mal zu Ende ist. Sie wissen doch hoffentlich, wo wir sind, und wie Sie fahren müssen? Nehmen Sie es mir nicht übel, aber manche Ihrer Kollegen haben mich schon vollkommen unnötig in der Gegend herumgefahren. Natürlich habe ich denen das Trinkgeld verweigert. Wäre ja noch schöner. Einmal bin ich sogar von einem Griechen gefahren worden. Um politisch korrekt zu sein, stelle ich zunächst gerne fest, dass ich überhaupt nichts gegen Griechen an und für sich habe. Ich habe sogar lange Zeit in Griechenland gelebt und dort sehr korrekte Menschen kennengelernt. Nur dieser Grieche, der mich da chauffiert hat, gehörte bedauerlicherweise nicht zu den korrekten Griechen. Stellen Sie sich nur vor. Der hat über den Funk mit einem Kollegen über mich gesprochen. Auf Griechisch. Er würde da gerade so eine überkandidelte, neureiche Tusse herumfahren. Ja, Sie haben richtig gehört. Er hat mich Tusse genannt. Und dann hat er seinem Kollegen noch mitgeteilt, dass er ein paar Umwege einstreuen würde. Er müsse schließlich auf seine Kosten kommen."

Als der Fahrer hierzu nichts sagte, erklärte die Dame, dass sie dem Mann dann in perfektem Griechisch ihre Sicht der Dinge dargelegt hätte.

„Am Ende hat er mich umsonst zu meinem Ziel gebracht. Als Gegenleistung habe ich ihn nicht angezeigt. Man muss ja auch mal Mensch sein."

In Erinnerung an das Erlebnis prüfte die Dame im Spiegel der Sonnenblende, ob ihre Frisur noch korrekt saß.

„Neureich! Als ob ich neureich wäre. Mein Mann blickt auf einen langen Stammbaum einflussreicher und sehr vermögender Vorfahren zurück. Unglaublich. Vielleicht hätte ich ihn doch anzeigen sollen. Wegen Beleidigung. Was meinen Sie?"

Der Fahrer ließ sich Zeit mit der Antwort.

„Manchmal ist der Gang der Welt ein langer ruhiger Strom. Manchmal ist der Gang der Welt ein kleiner zaghafter Bach, der zu versickern droht. Manchmal ist der Gang der Welt ein reißender Strom, der sich seinen Weg mit gewaltigem Getöse durch die Felsen des Gebirges bahnt."

Routiniert überspielte die Dame, dass sie mit der Antwort überhaupt nichts anfangen konnte: „Sie beeindrucken mich. In Ihnen steckt ja ein richtiger Philosoph. Oder haben Sie das etwa nur aufgesagt und dann vergessen mir mitzuteilen, von wem Sie das haben?"

„Selbstverständlich würde ich mich nie mit fremden Federn schmücken, gnädige Frau. Es kam mir tatsächlich gerade in den Sinn."

Der Fahrer setzte den Blinker und brachte das Fahrzeug neben einem Anhalter zum Stehen.

„Den wollen Sie doch wohl nicht ernsthaft einpacken?" wollte die Dame mit unüberhörbarer Missachtung in der Stimme wissen. „Schauen Sie sich nur die abgerissene Kleidung an. Der stinkt bestimmt und am Ende wird er uns noch alle bestehlen. Fahren Sie weiter! Fahren Sie um Gotteswillen weiter!"

Verärgert musste sie feststellen, dass ihre Aufforderung ignoriert wurde. Die Schiebetüre zu den hinteren Sitzen öffnete sich bereits geräuschvoll.

„Cool Alter, dass ich dich hier noch erwische. Ich war schon drauf und dran, mich hier irgendwo in die Büsche zu schlagen und was zum Pennen zu suchen. Ich bin auf dem Weg zu einer Freundin. Im Städtenamen-Viertel. Und weißt du was das Beste ist? Die wohnt in der Moldaustraße. Wo das doch ein Fluss ist. Bescheuert oder?"

„Moldaustraße? Kein Problem. Das liegt sogar auf dem gleichen Weg, den ich für meinen anderen Fahrgast eingeschlagen habe."

„Cool. Hey, ich bin übrigens Steve-Marc. Du kannst mich aber auch einfach Steama nennen. Haben meine Kumpels erfunden. Denen war Steve-Marc irgendwie zu blöde. Steama find ich selber auch irgendwie lustiger. Kommt vom englischen. Heißt Dampf. Also Steam meine ich."

„Wir sind nicht blöd junger Mann", wies ihn die Dame zurecht. „Englischkenntnisse sind in der heutigen Zeit die Grundlage jeglicher Bildung."

„Upps. Wen hast du dir da denn eingeladen?" wollte Steama von dem Fahrer wissen. „Die sieht eigentlich eher wie jemand aus, der sich von irgend so einem livrierten Typen im fetten Rolls durch die Gegend kutschieren lässt."

Erst jetzt musterte Steama den Fahrer genauer.

„Ne, oder? Sach jetzt nich, dass du der Privatfahrer von der guten Frau neben dir bist. Seit wann tragen denn Taxifahrer so einen feinen Fummel?"

„Dieser Herr", antwortete die Dame anstelle des Fahrers, wobei sie immer noch starr nach vorne schaute, „steht nicht in meinen Diensten und dieses Fahrzeug gehört demzufolge auch nicht mir. Dies ist auch der Grund warum", sie rang einen Moment mit sich und beschloss dann, dem heruntergekommen jungen Mann das eigentlich selbstverständliche ‚Sie' zu verweigern. Durch ihre Überlegungen aus dem Redefluss gekommen, räusperte sie sich und setzte neu an. „Um es klar auszudrücken: Dass der gepflegte Herr neben mir nicht in meinen Diensten steht, ist der Grund, dass du überhaupt einsteigen durftest. Sei versichert, dass ich dich hätte stehen lassen, wenn ich die Macht dazu gehabt hätte."

„Ja, ja. Hab ich schon kapiert. Wobei euer Hochwohlgeboren noch etwas an der flüssigen Rede arbeiten könnte. Die Botschaft jedenfalls, dass Leute wie ich nich ins Weltbild von Madame passen, ist angekommen. Madame kommen höchstens mal auf so ner Charityveranstaltung in die Nähe von Typen wie mir. Da kommt Madame dann mit großem Tamtam kurz vor den Presseleuten an und schaut dann, dass Sie möglichst schnell wieder verschwindet. Hauptsache ein bisschen in die Kamera grinsen."

„Junger Mann! Was redest du denn da? Das sind große gesellschaftliche Anlässe. Dort nur für ein paar Minuten zu erscheinen, ist der denkbar schlechteste Umgang mit dem Gastgeber, den man sich nur leisten kann. Ein Affront. Aber wem sage ich das? Du hast ja ganz offensichtlich nicht die Bildung und das Format."

„Was Madame doch für ein gut geschultes Auge haben. Und das, obwohl Madame mich noch nich mal anschauen."

„Dem einen ist es gegeben. Dem anderen ist es nicht gegeben. Ich gehöre zur ersten Gruppe, du gehörst zur letzteren Gruppe. Arrangiere dich damit."

Im Scheinwerferlicht tauchte eine Frau auf, die sichtbar bemüht war, sich irgendwie gegen die aufkommende Nachtkälte zu wehren. Als sie näher kamen erkannten sie, dass die Kleidung der Frau aus irgendeinem eng anliegenden, sehr dünnen Stoff bestand.

„Wird das hier eine Gruppenreise gescheiterter Existenzen?" wollte die Dame wissen, ohne wirklich eine Antwort zu erwarten. „Schauen Sie sich nur diese Stiefel an. Widerlich. Da kann den Leuten ja nur noch billiger Sex in den Kopf kommen. Und dann das Makeup. Nein, nein, nein.

Wie kann man nur so die Kontrolle über sein Leben verlieren? Wissen sie was?" fügte sie flüsternd hinzu. „Das ist eine Nutte."

„Hallo, danke, dass Sie angehalten haben. Das ist echt das erste Highlight heute. Alles andere ist so schief gegangen, wie es nur schief gehen konnte."

Anders als erwartet, hatte die junge Frau eine sehr angenehme Stimmlage.

„Falls es keine Umstände macht, am Fischviertel vorbeizufahren? Ich wohne in der Delphingasse 12."

„Ha!" ließ sich die Dame vernehmen. „Delphine sind keine Fische. Das sind Säugetiere. Aber so wie du aussiehst, wirst du das nicht wissen."

Die frisch zugestiegene Frau schien die Belehrung gar nicht mitbekommen zu haben. Sie schaute zu Steama rüber.

„Hi, ich bin Loreen."

„Steama. Schön, dass unser Fahrer dich aufgegabelt hat. Wie bist du denn in dem Outfit in so einer Gegend gelandet?"

Steama drehte sich zu Loreen hin. Zum einen, weil er sich so besser mit ihr unterhalten konnte und zum anderen, weil er der seltsamen Frau auf dem Beifahrersitz keine Möglichkeit bieten wollte, sich einzumischen.

„Ach", winkte Loreen ab. „Lange Geschichte. Die muss ich erstmal selber verdauen. Im Moment bin ich einfach nur froh, dass dieser Chaos-Tag scheinbar doch noch ein gutes Ende nimmt."

„Wie hoch sind die eigentlich?" Steama deutete auf die Absätze.

„Zwölf so in der Kante."

„Ich hab das noch nie verstanden, wie man auf so was gehen kann. Du kannst das jedenfalls. Sah überzeugend aus."

„Danke. Gelernt ist gelernt. Und so hoch ist das mit etwas Übung dann auch wieder nicht."

„Gelernt ist gelernt? Bist du ein Fotomodel oder so was?"

„Klar. Wir sehen alle so aus, wenn wir privat unterwegs sind", grinste Loreen, wobei Steama nicht verstand, ob das ein abfälliges oder ein frustriertes Grinsen war.

„Naja, ich dachte, halt nur so. Is mir auch klar, dass es wohl kaum jemanden gibt, der in dem Outfit auf einer einsamen Landstraße rum rennt. Aber darüber willst du ja nich reden. Okay. Hab aber trotzdem deutlich mehr Lust, mich mit dir zu unterhalten, als mit der aufgetakelten Tante da vorne."

„Deine Tante? Echt?" Diesmal grinste Loreen eindeutig fröhlich.

„Bloß nich. Man kann sich seine Verwandtschaft zwar nicht aussuchen, aber die ist es glücklicherweise nich. Nee. Die ist auch nur Fahrgast. So wie wir beide. Hält sich aber scheinbar für was Besseres."

„Zumindest scheint sie Geld zu haben. Ich tippe mal mehr als wir beide zusammen. Oder bist du einer von den Millionären, die lieber in Klamotten mit starken Abnutzungserscheinungen herumlaufen, damit erst gar keiner auf die Idee kommt, dass bei dir irgendwas zu holen ist?"

Steama machte einen gespielt erschrockenen Gesichtsausdruck.

„Woher weißt du das? Du bist tatsächlich die Erste, die meine Tarnung durchschaut. Aber mal ehrlich. Ich bin echt nicht der Anzugtyp. Hab ich schon bei meiner Kommunion nich gemocht. In dem Alter lässt man das ja noch mit sich machen."

„Und? Womit hast du deine Millionen gemacht?"

„Börse. Ich bin einer von denen, die im Jahr 2000 früh genug ausgestiegen sind."

„Du verarschst mich", lachte Loreen, „2000 warst du doch noch gar nicht geschäftsfähig."

„Danke. Ich nehm das mal als Kompliment."

„Du spinnst. Wie alt musst du denn sein, wenn du 2000 schon mindestens achtzehn gewesen sein willst? Vierunddreißig! Und eigentlich müsstest du ja noch älter sein. Weil mit ein paar Euro Fünfzig an die Börse gehen und im gleichen Jahr schon die erste Million haben… Naja. Ich habe zwar keine Ahnung davon, aber wäre schon ziemlich ungewöhnlich."

„Da vorne können Sie übernachten."

Die unerwartete Ankündigung des Fahrers, der auf ein einsam stehendes großes Haus zeigte, setzte dem Gespräch ein abruptes Ende.

„Ich hatte erwartet, dass Sie durchfahren würden", kritisierte die Dame. „Auf Übernachten bin ich auch gar nicht eingerichtet. Nein. Das geht nicht. Sie müssen unbedingt weiterfahren. So weit kann das doch auch gar nicht mehr sein. Ich zahle Ihnen gerne das Doppelte. So ein gepflegter und wohlerzogener Mann wie Sie hat das ohnehin verdient."

„Tut mir leid, gnädige Frau - die Lenkzeiten! Ich bin gezwungen meine Pausen einzuhalten. Aber machen Sie sich keine Sorgen. Das Haus gehört meinem Schwager. Es ist alles vorbereitet. Es wird Ihnen an nichts fehlen."

Zwischenstopp

„Also, wenn ihr mich fragt, dann würde ich mal sagen, dass unserer Fahrer uns versetzt hat", stellte Loreen fest.

„Ich verbitte mir diese vertrauliche Anrede. Mein Name ist Schneider. Es ist nicht zu viel verlangt, wenn du mich mit Frau Schneider ansprichst. Und was deine Aussage zu unserem Fahrer angeht, er wird sicherlich bald zu uns stoßen. Wie soll das denn bitte sonst funktionieren? Schließlich darf man ein vernünftiges Abendessen erwarten. Hier ist weit und breit kein Personal. Er muss also kommen."

„Frau Schneider." Loreen sprach den Namen mit dem Respekt aus, den sich die Dame erhofft hatte.

„Liebe Frau Schneider. Da ich bereits volljährig bin, darf ich von Ihnen erwarten, ebenfalls mit ‚Sie' angesprochen zu werden. Ich darf mich vorstellen? Loreen Dubois. Ich finde Dubois ist ein ganz wunderbarer, klangvoller Name. Nicht so einfach wie Schneider. Dubois ist schon fast eine Melodie. Finden Sie nicht? Frau Schneider?"

Die Dame brauchte Steamas Kichern nicht, um zu merken, dass sie gerade auf den Arm genommen wurde. Natürlich gelang es ihr trotzdem mühelos Haltung zu waren. Seit sie das Haus betreten hatten, saß sie in dem bequemsten Sessel des Salons. Die Selbstverständlichkeit mit der die beiden gescheiterten Existenzen in dem Haus herumgelaufen waren, konnte sie nicht nachvollziehen. Schließlich war man hier zu Gast. Selbst wenn sich kein Gastgeber zeigte, war das noch lange kein Grund dafür, sich so zu bewegen, als ob einem alles gehören würde. Diese letzte Dreistigkeit von dieser Loreen konnte sie allerdings nicht unbeantwortet lassen.

„Respekt muss man sich verdienen. Und du hast ihn dir nicht verdient. Schau doch einfach mal in den Spiegel. Was für eine primitive sexsüchtige Erscheinung zeigt sich dir da? Lackstiefel, Lackminirock der so kurz ist, dass er den Namen Rock eigentlich gar nicht verdient. Und dann diese unsägliche Korsage. Von dem Schmuck, den du trägst will ich gar nicht erst reden."

„Wow", grinste Loreen, „was du für ein gut geschultes Auge hast. Nur in einem Punkt muss ich dich korrigieren. Es ist keine Korsage. Es ist ein ausgewachsenes Korsett. Übrigens maßgeschneidert. Auf Maßgeschneidertes stehst du doch, wenn ich mir den Fummel so anschaue, den du trägst. Nur leider ist dein Schneider einfach nur ein Schneider und kein Modedesigner. Wahrscheinlich dein Mann? Deswegen auch der Nachname?"

„Sofort entschuldigst du dich! Das ist ja wohl das Letzte. Ich muss mich von so einer billigen Nutte nicht so ansprechen lassen!"

„Ooh", mischte sich jetzt Steama in die Diskussion ein. „Da ist die edle Dame jetzt aber mal richtig in Fahrt gekommen. Respekt. Ich glaube, wir schlottern hier alle schon vor lauter Angst, was jetzt als nächstes kommt."

„Das wird Konsequenzen haben, junger Mann. Das wird Konsequenzen haben. Erst bekommst du dein Leben nicht in geordnete Bahnen gelenkt und dann musst du auch noch unverschämte Bemerkungen machen, wenn du mal jemandem begegnest, der weiß, wie es funktioniert."

„Ich weiß ja nicht, wie es euch geht", wollte Loreen wissen, „aber bevor wir uns hier noch die Köpfe einschlagen, würde ich lieber mal schauen, dass wir was in den Magen bekommen. Wie sieht's aus? Bin ich die Einzige, die Hunger hat?"

„Essen ist immer gut", stellte Steama fest, während er sich in seinem Sessel gemütlich zurechtsetzte.

„Wir sind hier zu Gast", erinnerte Frau Schneider. „Es gehört sich nicht, einfach in die Küche zu gehen. Selbstverständlich werde ich warten, bis sich der Gastgeber zeigt und für uns sorgt."

Loreen verdrehte die Augen.

„Jetzt lass doch mal diese blöde Nummer Frau Schneider. Selbst du müsstest doch langsam mal merken, dass das hier kein Hotel oder so was ist. Schon alleine die Art, wie wir drei eingesammelt worden sind, war irgendwie… Ich weiß auch nicht. Eigentlich bin ich noch nie in einem Sammeltaxi gefahren, das einfach so die Leute an der Landstraße aufpickt. Davon gehört hab ich schon. Aber wo und wann weiß ich auch wieder nicht. Komisch eigentlich."

An den Blicken der beiden merkte sie schnell, dass sie keine Antwort erwarten durfte. Sie konnte das sogar gut verstehen. Genaugenommen hatte sie selber nicht so richtig verstanden, was sie hatte sagen wollen.

„Naja. Wie dem auch sei. Ich gehe jetzt jedenfalls in die Küche und schau nach, was sich da regeln lässt."

„Keine Ahnung wovon die gerade geredet hat", meinte Steama mehr zu sich, als zu der im Raum verbliebenen Frau Schneider. „Der Fahrer durfte nich mehr weiterfahren und hat uns hier für die Nacht geparkt. Was ist daran so seltsam?"

„Ist ohnehin eine komische Frau", ergänzte Frau Schneider. „Keine vernünftige Frau läuft in solcher Kleidung herum. Kein Wunder, dass sie sich mit so einer Übernachtung nicht zurechtfindet."

Keiner der beiden hatte Interesse, noch mehr zu sagen. Also saßen sie einfach schweigend auf ihren Sesseln und starrten die Wand an. Kurz danach schlief Steama ein.

Für Frau Schneider war das die Gelegenheit, ihn das erste Mal in Ruhe zu betrachten. Wie es ihre Art war, machte sie das systematisch. Die Haare trugen die Reste von mehren unprofessionellen Färbungen. Nicht nur das zeugte in ihren Augen von Kontrollverlust. Es war zudem kaum zu übersehen, dass die letzte gewissenhafte Haarwäsche wohl schon einige Zeit zurück lag. Sie konnte sich sogar sehr gut vorstellen, dass die Haare im ganzen erbärmlichen Leben des jungen Mannes noch nie gewaschen oder professionell geschnitten worden waren. Einfach nur grauenhaft.

Der Rest des Kopfes war in keinem besseren Zustand. Überall waren Hautunreinheiten zu erkennen. Der Bartwuchs war lückenhaft und wirkte an den Stellen, an denen sich Haare zeigten, verfilzt.

Dem Shirt, das der junge Mann trug, gab sie höchstens noch ein oder zwei Tage. Dann musste es unausweichlich zu Staub zerfallen.

„Will jemand was zu essen haben? Ich hab Pfannekuchen gemacht."

Loreens Stimme riss Frau Schneider so überraschend aus der Betrachtung von Steamas Zustand, dass sie erschrocken zusammenzuckte.

„Oh, eine echte Gefühlsregung", stellte Loreen amüsiert fest. „Endlich mal etwas ohne übertriebene Selbstkontrolle. Ja. Wie sieht es aus? Wir werden die Nacht wohl ohne das von dir so sehr herbeigesehnte Personal auskommen müssen. Pfannekuchen? In der Küche ist ein schöner gemütlicher Tisch. Du musst nur rüber kommen. Ich habe genug Teig gemacht und kann dir gerne einen in die Pfanne schmeißen. Du musst nur sagen, was du drauf haben möchtest."

Eigentlich lag Frau Schneider schon ein ‚nein danke' auf der Zunge, aber sie schluckte es herunter und setzte stattdessen ein Lächeln auf.

„Gut. Ich nehme das Angebot an."

„Tatsächlich? Um ehrlich zu sein, hätte ich damit gar nicht gerechnet. Umso schöner. Dann darf ich dich in die Küche bitten, Frau Schneider."

„Ich weiß gar nicht mehr, wann ich das letzte Mal in der Küche gegessen habe. Oder eigentlich doch", korrigierte sich Frau Schneider, als Loreen den mit angeschmolzenem Käse belegten Pfannekuchen vor sie auf den Tisch stellte.

„Das war bei meiner Großmutter. Sie konnte unglaublich gut kochen. Ich habe nie gesehen, dass sie auch nur einmal in ein Kochbuch geschaut hätte. Ich habe auch nie erlebt, dass sie beim Einkaufen einmal irgendetwas vergessen hätte. Bei ihr sah das immer so unglaublich einfach aus. Bei ihr gab es übrigens auch ab und zu solch einen Pfannenkuchen. Selbstverständlich besser als deiner."

Frau Schneider benutzte Messer und Gabel, während Loreen ihren Kuchen einfach zusammengerollt hatte und herzhaft in die Rolle biss.

„Deine Oma und die Kochkunst deiner Oma in allen Ehren", stellte sie um einen freundlichen Tonfall bemüht fest, „an Pfannkuchen kann man allerdings wirklich nicht viel falsch machen. Aber eines wüsste ich schon mal ganz gerne: Warum musst du eigentlich immer so komische Texte produzieren? Du kannst doch einfach sagen: ‚Lecker' oder ‚hast du gut gemacht, Loreen'. Deine Augen haben dich nämlich verraten. In Wirklichkeit schmeckt es dir genauso gut wie bei deiner Oma."

Frau Schneider schaute irritiert zu Loreen, legte dann Messer und Gabel sorgsam auf den Teller und stand auf. Loreen schaute ihr dabei genervt zu.

„Was ist so schwer daran, mal einfach jemandem zu sagen, dass er etwas gut gemacht hat? Wenn ich jetzt irgendso eine bescheuertes Strickkostümchen und dicke Perlenohrringe tragen würde, dann hättest du vermutlich nicht so reagiert, sondern in deiner affektierten Art angefangen, mir irgendeine blöde Konversation über den Pfannekuchen an und für sich aufzuzwingen."

„Wenn du vernünftig gekleidet wärest, würde ich dir in der Tat anders begegnen. So ist das leider unmöglich. Kleider machen Leute."

„Und den faulen Kern des Apfels erkennst du erst, wenn du ihn aufgeschnitten hast", fügte Loreen spontan an.

Frau Schneider, die bereits halb auf dem Weg zurück in den Salon war, blieb überrascht stehen.

„Was soll das bitte heißen?"

„Genau das, was ich gesagt habe. Sollte sich doch auch in deinen Kreisen herumgesprochen haben, dass Anzugträger und Edelkostümträgerinnen nicht immer so toll sind, wie sie aussehen."

„Du stellst ernsthaft in Frage, dass ich einen durch und durch sauberen Charakter mit klaren Wertvorstellungen habe? Jemand, der so aussieht wie du?"

„Gerade jemand, der so aussieht wie ich stellt das in Frage. Was meinst du wieviel stinkreiche Typen zu mir kommen und sich darüber ausheulen, dass ihre frigiden Frauen lieber einen auf Wohltätigkeit machen, statt sich mal um ihren eigenen Mann zu kümmern."

„Du unverschämte Person. Mein Mann ist ein vielbeschäftigtes, sehr angesehenes Mitglied unserer Gesellschaft. Ohne solche Männer würde hier alles zu Bruch gehen."

„Ich könnte kotzen, wenn ich so was höre. Wahrscheinlich verdient dein Mann mehr im Monat, als die meisten seiner schlecht bezahlten Beschäftigen in ihrem ganzen Leben. Kannst du mir mal auch nur ansatzweise erklären, warum das richtig sein soll? Bist du ernsthaft der Meinung, der würde auch nur einen Bruchteil dessen erwirtschaften, wenn er selber mal was zusammenbauen oder entwerfen müsste? Stattdessen läuft der von Sitzung zu Sitzung und führt dich ab und zu in die Oper aus, nur um da auch wieder mit anderen wichtigen Menschen zu reden. Und einmal in der Woche kommt er zu Frauen wie mir und ist dabei endlich mal für ein paar Stunden entspannt und glücklich."

„Du gibst also zu eine Nutte zu sein. Widerlich! Und um das klar zu stellen. Dein Pfannekuchen ist eine einzige Zumutung!"

„Mal kurz eine Info für dich zum Mitschreiben: Ich verdiene mein Geld im Escortservice und als Domina. In beiden Jobs bin in meilenweit von dem entfernt, was du unter Nutte verstehst."

„Rede es dir nur schön. Am Ende machst du dann doch die Beine breit."

Loreen verdrehte genervt die Augen. Bei dem Thema ‚Nutte' hätte die Unterhaltung mit einer Wand vermutlich ergiebiger ausfallen können, als jeder weitere Versuch mit dieser vollkommen unflexiblen Frau Schneider.

Lieber wollte sie die große Dame noch ein bisschen mit ihrem ‚überaus wertvollen Mann' ärgern.

„Erzähl doch mal! Wie läuft es denn so mit deinem Mann? Mein Freund und ich sitzen zum Beispiel oft bis in die Nacht zusammen und diskutieren über Gott und die Welt. Macht ihr das auch? Oder trefft ihr euch auch oft mit Freunden? Ich meine, echten Freunden? Keine von diesen ‚schaut mal wen ich alles kenne' - Veranstaltungen?"

„Ich wüsste nicht, was dich das angeht. Aber ich erkläre es dir trotzdem. Wir sind gefragte Gastgeber und gefragte Gäste. Selbstverständlich immer im Salon oder in einem Sterne-Restaurant. Mit der folgenden sehr einfachen Frage, kann ich dir unmissverständlich erklären, warum das bei dir niemals der Fall sein wird: Wer will sich denn in Gesellschaft einer Nutte zeigen? Was? Niemand!"

„Auch wenn es nicht in dein Weltbild passt. Ich lebe mit meinem Freund in einer Wohngemeinschaft. Und wir sitzen oft in der Küche zusammen und haben Spaß. Das ziehe ich jedem Empfang in irgendeinem spießigen Salon vor."

„In der Küche! Spaß! Widerlich. Womöglich auf dem Küchentisch. Und die anderen schauen dabei auch noch zu!"

„Du bist ein bisschen sehr auf ein Bild meines Berufes fixiert, das zudem noch falsch ist", lachte Loreen. „Scheinbar habe ich im Gegensatz zu dir das große Glück, dass mein Arbeitsplatz und mein Zuhause räumlich von einander getrennt sind. Das Gleiche gilt übrigens auch für meine Freunde."

„In der Tat ist mein Arbeitsplatz, wenn du es so benennen möchtest, mein Zuhause. Ich bin das Aushängeschild für meinen Mann. Ich bin das Haus, in dem er jederzeit ohne Vorankündigung mit wichtigen Gästen erscheinen kann. Ich bin die Gastgeberin, die jede Konversation am Leben halten kann, wenn das im Interesse meines Mannes liegt. Ich bin jeder Anforderung gewachsen, die meinen Mann in seinem Beruf weiterbringt."

„Hey, kommt mal hier hoch", erlöste Steama die beiden aus ihrer sinnlosen Diskussion. „Das müsst ihr euch anschauen."

„Schaut euch das an!" erklärte er breit grinsend, als die beiden im Obergeschoss ankamen. „Als dieser Taximann meinte, dass alles vorbereitet ist, oder wie der das gesagt hat, dachte ich, dass wir vielleicht ne Pommes mit Wurst kriegen oder so. Aber das hier ist echt abgefahren."

Er zeigte der Reihe nach auf die Türen.

„Loreen Dubois, Willma Schneider und dann noch für mich Steve-Marc Peters. Ey, ich hab ein eigenes Zimmer. Und was für ein Zimmer. Ich war schon drin. Saubere Bettwäsche, eigenes Klo, eigene Dusche. Keine Ahnung, was ihr beiden jetzt noch machen wollt. Ich geh jetzt erstmal duschen. So richtig schön lange duschen. Wir sehen uns morgen, Ladys."

„Das mit dem Duschen hast du auch mehr als nötig", erklärte Frau Schneider der Türe hinter der Steama verschwunden war.

„Warum musst du eigentlich immer nur rummeckern? Sei doch froh, dass Steama sich so über sein Zimmer freut. Echt! Willma! Du verbreitest so was von negativer Energie. Das ist mir in meinem ganzen Leben noch nicht so krass untergekommen."

Bevor Frau Schneider antworten konnte, hob Loreen abwehrend die Hand.

„Will ich gar nicht erst hören. Ich gehe jetzt noch die Küche klar machen. Für heute hab ich genug von deiner Gesellschaft und deinen verpeilten Ansichten."

„Dann sind wir uns ja wenigstens in dem Punkt einig."

Neuer Tag, neues…

Als Loreen am nächsten Morgen in die Küche kam, traute sie ihren Augen nicht. Steama stand mit sauber gescheiteltem Haar in brandneuer Freizeitkleidung vor ihr und lachte von einem Ohr bis zum anderen.

„Hey Loreen! Wie ich sehe hast du auch neue Klamotten gefunden. Schon echt cool, was man hier geboten bekommt."

„Morgen Steama. Und du hast offenbar eine gehörige Dosis Schlaf gefunden. Gestern Abend warst du ja eher eine Nullnummer. Im Sessel eingepennt während ich mich mit unserer gemeinsamen Freundin Willma Schneider über ihre völlig verpeilten Ansichten unterhalten durfte."

„Ah ja", winkte Steama ab. „Hab ich natürlich gehört, als ich aufgewacht bin. Nimm's mir nich übel. Aber solche Typen sind so weit weg von meinem Leben. Da sach ich lieber gar nich erst irgendwas zu. Deswegen hab ich mir lieber die obere Etage angeschaut. War ja auch gut, oder? Sonst hätte ihr noch bis zum nächsten Morgen diskutiert und von dem puren Luxus da oben gar nix mitbekommen."

„Die Gefahr sehe ich jetzt eher nicht", kicherte Loreen, „aber ich fürchte, es hätte noch ein bisschen gedauert. Was hast du denn hier in der Küche schon getrieben? Riecht schon einmal gut."

„Ich hab Pfannekuchenteig gefunden und dachte mir ich mach mal ein paar kleine Dünne. Gehört zu dem Wenigen, was ich in der Küche kann. Also nich ‚das Teig machen', sondern ‚das in die Pfanne schmeißen'."

„Teig in die Pfanne und warten, bis er braun ist, ist allerdings auch nicht sonderlich schwierig."

„Ja, ja. Mach mich nur fertig", erklärte Steama grinsend. „Für mich ist das ne stramme Leistung. Schließlich hab ich die letzten Jahre nur auf der Straße gelebt."

„So hast du gestern ehrlich gesagt auch ausgesehen. Ziemlich fertig."

„Gestern war allerdings sogar für meine Verhältnisse ein ziemlich schlechter Tag. Zumindest bis ich auf die Idee gekommen bin, mit dem Taxi mitzufahren."

„Wieso? Was war denn vorher?"

Zur Antwort schob Steama einen Ärmel hoch.

„Unsereiner muss immer schauen, wie er das nächste Geld zusammenbekommt. Und dann ist man auch noch die Hälfte der Zeit so derartig abgeschossen, dass man sich um gar nix mehr kümmert."

„Mit anderen Worten", wollte Loreen wissen, „hast du dir heute Morgen schon wieder einen Schuss gesetzt, der dich mal ausnahmsweise nicht abgeschossen hat? Oder wie soll ich mir das erklären, dass du so nüchtern rüber kommst?"

Während sie das sagte, trat sie vorsichtig einen Schritt zurück.

„Keine Panik, ich tu dir nix", beruhigte Steama sie. „Hab da zwar dran gedacht, mir einen Schuss zu setzen aber irgendwie schein ich wohl nen besonderen Morgen erwischt zu haben. Eigentlich irgendwie komisch… Egal. Hauptsache ich fühl mich gut oder? So klar im Kopf. Liegt vielleicht am Bett. Ich weiß nich, wann ich das letzte Mal in einem richtig sauberen, weichen, warmen Bett geschlafen habe. Überhaupt in so einem Haus sein, ohne nach Dingen zu suchen, die sich leicht verticken lassen. Ich weiß gar nich, wie ich das alles ausdrücken soll, was ich im Moment so fühle."

Steama schaute sich mit strahlenden Augen um.

„Es ist einfach so unglaublich. Normalerweise müsste ich jetzt schon lange zittern und nur noch daran denken, wo ich ihn endlich her bekomme. Aber nix davon ist da. Kannst du dir das überhaupt vorstellen? Und alles nur, weil ich in das Taxi eingestiegen bin."

„Naja. Bei mir hat das Taxi nicht so eine Wirkung hinterlassen."

Steama hing noch immer in seinen eigenen Gedanken fest.

„Ey, ich hab echt üble Sachen gemacht, um an Geld zu kommen."

„Steama?" Loreen tippte ihn an, um seine Aufmerksamkeit zu bekommen. „Ich bin mir sicher, dass ich das nicht hören will."

„Ah, ja. Okay. Bin wohl irgendwie ein bisschen auf dem Höhenflug. Tja, dann warten wir mal auf den Taxifahrer."

„Naja, wir könnten auch einfach raus gehen und jeder macht, wo er gerade Lust zu hat. Schlimmstenfalls trampen wir in die Stadt."

„Hm", meinte Steama, während er sich vorsichtig an der Stirn kratzte. „Is jetzt nich so, dass ich die Idee nich auch schon gehabt hätte. So ein bisschen frische Luft schnappen dachte ich mir und mal ganz unverbindlich schauen, wo wir hier eigentlich sind."

„Ja?" Loreen hatte so ein unbestimmtes Gefühl, dass jetzt etwas Blödes kommen würde.

„Tja. Du kannst ja auch mal dein Glück probieren. Ich hab jedenfalls keinen Ausgang gefunden. Und die Fensterscheiben wollte ich dann auch nich einschlagen. Normalerweise wäre das natürlich kein Problem. Aber irgendwie will ich das hier jetzt nich. Das ist hier drin alles so schön und so sauber."

Glücklich ließ Steama seinen Blick durch den Raum schweifen während Loreen langsam klar wurde, was er gerade gesagt hatte.

„Moment. Du sagst, es gibt keine Türe, die nach draußen führt? Und du bist dir sicher, dass du nicht auf Turkey bist?"

„Absolut. Ich schwöre. Aber schau ruhig selber nach. Nehm ich dir garantiert nich übel. Ich warte hier so lange."

Kurz danach stand Loreen wieder in der Küche.

„Das ist ja mal echt abgefahren. Es gibt noch nicht mal so eine Art Eingangsflur. Dabei könnte ich schwören, dass wir gestern... Also, dass der gestern noch da war."

„Sag ich ja", stimmte Steama ihr fröhlich zu. „Aber mal ehrlich. Ein Gefängnis, wie das hier, kann man sich eine Zeitlang gefallen lassen. Meinst du nich? Vielleicht sollte ich noch länger hier bleiben. Solange es mir gut geht, könnte ich das doch machen, oder?"

„Wenn keine Türe da ist", lachte Loreen, „bleibt uns ohnehin nichts anderes übrig. Vielleicht sollten wir einfach mal mit dem Pfannkuchen anfangen."

„Was möchtest du dazu essen? Brötchen oder Brot? Ist alles da."

„Du meinst zu den Pfannekuchen? Ich dachte eigentlich, dass ich die roh esse. Vielleicht mit was Marmelade."

„Kommt sofort."

Als Steama das Glas schwungvoll auf den Tisch stellen wollte, rutschte es ihm aus der Hand und fiel zersplitternd halb auf seine Füße.

„Hast du dir weh getan?" wollte Loreen erschrocken wissen.

„Wenn ich mir das so anschaue, dann würde ich mal sagen: Ja. In meiner Fußsohle steckt nämlich ein großer Splitter", antwortete Steama vollkommen entspannt.

Als sich Loreen vor Steama kniete, um sich die Verletzung anzuschauen, war erst mal überall nur rot zu sehen.

„Kiwimarmelade wäre besser gewesen", versuchte sie zu scherzen. „Dann könnte man besser zwischen Blut und Marmelade unterscheiden. Jetzt im Moment ist einfach alles nur rot. Blöd, dass du zu allem Überfluss auch noch in die Scherben reingetreten bist. Das lernt man doch eigentlich schon als kleines Kind, dass man in so einem Moment erstmal die Füße still halten muss."

Sie schaute zu Steama hoch, um abzuchecken, ob der vielleicht zu allem Übel doch noch umfallen würde. Den tiefenentspannten Eindruck allerdings, den er noch immer machte, konnte sie überhaupt nicht einordnen.

„Sag mal. Warum grinst du so glücklich vor dich hin? Tut das nicht weh?"

„Das ist es ja. Nich im Geringsten. Vermutlich ist die Scherbe so scharf, dass es einfach nich weh tut. Ich hatte mal ne Verletzung mit nem Skalpell. Ob du das glaubst oder nich. Ich hab echt nur den Druck gespürt. Der Schmerz kam viel später."

Loreen schaute ihn irritiert an, während sie ungläubig, „Verletzung mit einem Skalpell", wiederholte. „Irgendwie stelle ich mir jetzt zwei Junkies in der Nähe vom Jenseits vor."

„Liegst du vermutlich ganz gut mit. Naja. Jedenfalls habe ich im Moment keine Schmerzen. Wenn ich da nich zu viel verlange, würde ich dich bitten, die Scherben schnell zusammenzukehren. Dann würde ich zum Waschbecken hüpfen, die Marmelade abwaschen und die Scherbe rausziehen. Ich räum danach auch die ganze Küche auf. Schließlich will ich dich ja nich in so ne Putzfrauenecke drücken."

„Kein Problem", beruhigte Loreen ihn. „Das fällt unter besondere Vorkommnisse. Außerdem ist das das Vernünftigste, was wir im Moment machen können."

„Okay", erklärte Steama wenig später, als er die Scherbe in der Hand hielt, „da haben wir ja den Übeltäter. Komisch. Ich hätte eigentlich gedacht, dass da jetzt ein Haufen Blut dran kleben müsste."

„Und deine Wunde sollte eigentlich auch bluten", ergänzte Loreen. „Seltsam. Wirklich seltsam. Du bist jetzt aber nicht irgendso ein Zauberkünstler, der mich gerade richtig reingelegt hat?"

„Nein", versicherte ihr Steama während er den Fuß vorsichtig auf den Boden setzte. „Tut keine Spur weh. Dabei fühl ich mich so clean, wie schon lange nich mehr. Und du bist doch auch real oder? Tja, manchmal muss man Sachen eben so nehmen, wie sie sind. Und was machen wir jetzt?"

„Wir machen den Boden klar und dann versuchen wir ein zweites Mal in Ruhe zu frühstücken", schlug Loreen achselzuckend vor.

„Was ist eigentlich mit unserer dritten Mitreisenden? Hast du schon irgendeinen Mucks von der gehört?" wollte Steama wissen während er sich um den Boden kümmerte.

„Nee. Ehrlich gesagt, ist mir das auch ganz recht, wenn die sich mal so richtig ausschläft. Die fängt sonst direkt wieder an, uns ihre biedere Sicht auf die Welt darzulegen. Hab ich echt keine Lust drauf. Da schau ich dir dreimal lieber beim Putzen zu."

„Na super. Schön, dass ich dich damit glücklich mache", grinste Steama. „Trotzdem finde ich das komisch. Ich hätte eigentlich gedacht, dass die als Erste auf ist und sich mit voller Hingabe darüber aufregt, dass das Frühstück noch nicht serviert ist. Irgendwas in der Art."

„Vielleicht liegt die auch oben in ihrem Bett und wartete darauf, dass das Personal ihr so ein Frühstückstablett ins Bett stellt. Weißt du, was ich meine? So ein kleines Tischchen, das in den Filmen immer ohne zu wackeln auf dem Bett steht."

„Ja, wär cool. Wird sie jetzt aber lange warten müssen. Trotzdem. Ich glaub, ich klopf mal? Nich, dass ihr was passiert ist."

„Du wirst ja echt noch zum Gutmenschen. Wann hast du deinen Wandel denn abgeschlossen? Das muss dich doch schon fast schwindelig machen. Gestern um die Zeit warst du garantiert noch ganz anders drauf."

„Allerdings", nickte Steama. „Aber quasi noch ‚anderser', als du dir das im Moment wahrscheinlich vorstellen kannst."

„Und? Hast du Lust darüber zu reden?" hörte sich Loreen sagen, obwohl sie da eigentlich gar keinen Bock darauf hatte. „Wir haben scheinbar noch ziemlich viel Zeit. Und ein bisschen die Hobbypsychologin geben, bin ich von meinem Job ohnehin gewohnt. Wenn du also Lust hast, dann erzähl einfach."

„Eben hat sich das aber noch anders angehört."

„Ja, aber zwischen eben und jetzt liegt eine Tasse Kaffee. Das bewirkt bei mir so Einiges."

Steama nahm nachdenklich einen Schluck von seinem Kaffee und meinte dann: „Okay. Aber es ist nich schön. Das kann ich dir sofort sagen. Und die Erinnerung ist auch irgendwie ein bisschen lückenhaft."

„Leg einfach los."

„Also. Gut. Ich bin gestern aufgestanden. Und es ist so, wie man immer sagt. Ich hab mir Gedanken gemacht, wie ich Geld zusammenbekomme. Glücklicherweise war ich einigermaßen klar im Kopf. Auch so gut wie keine Schmerzen irgendwo. Also bin ich losgestiefelt."

„Nach gemütlich Frühstücken muss ich wahrscheinlich gar nicht erst fragen, oder?"

„Ein Scherz?" grinste Steama. „Hätte ich gestern übrigens keine Spur verstanden. Also. Ich bin los. Zum Schnorren hatte ich keine Lust. Da ich, wie gesagt fit war, dachte ich mir, ich mach mal wieder einen kleinen Bruch. Vielleicht würde ich ja sogar Bargeld finden. Gibt es ja immer noch. Oder eben irgendwas zum verticken. Du weißt schon. Uhren, Schmuck. So nen Kram."

„Verstehe", bestätigte Loreen und griff sich noch ein kleines Stück Pfannekuchen.

„Es gibt da so eine Ansammlung von ganz schmucken Häusern, auf die ich schon lange ein Auge geworfen hatte. Stehen nich zu dicht, sind schon ziemlich zugewachsen. Also so, dass man von außen nich so gut aufs Grundstück schauen kann. Ich dachte mir: ‚Heute ist dein Tag Steama. Heute machst du da was'. Fing dann auch ganz gut an. Bin direkt beim ersten Haus über die Mauer und hab mich erstmal in den Büschen ausgeruht."

„Ausgeruht. Warst du gelaufen oder was?"

„Naja. Alles zu Fuß. Und so gut ist meine Verfassung nun wirklich nich. Außerdem wollte ich erstmal in Ruhe einen Blick auf das Haus werfen. Ich wusste zwar, dass mir nich der ganze Tag zur Verfügung stehen würde", automatisch rieb er sich über die Ellenbogenbeuge, „aber ich war auch nich so dämlich zu glauben, dass die nich vielleicht da sein könnten oder vielleicht so ne Alarmanlage aufgebaut hätten. In letzterem Fall hätt ich nämlich schnell machen müssen."

„Du hast dir also das Haus erstmal angeschaut. Aus den Büschen. Hinter einer Mauer", fasste Loreen mit leicht spöttischem Tonfall zusammen.

„Naja. Hört sich vermutlich nur mittelmäßig souverän an, so ein Plan. War er auch. Weil ich das entgegen meinen tollen Ideen dann höchstens ein paar Minuten ausgehalten hab. Dann war ich mir nämlich sicher, dass tatsächlich eine Terrassentüre offen stand."

„Du bist doch dann wohl nicht da hin? Da war doch garantiert einer da. Ey Steama. Sag mir, dass du abgehauen bist."

„Sorry, aber ich bin hin."

„Und?" wollte Loreen wissen. „In dem Haus? Ich hoffe, die waren nicht da und haben einfach nur vergessen, die Türe zu schließen?"

„Negativ. Leider. Die waren da. Aber anders als du jetzt vermutlich denkst. Ich bin also zu der Tür, hab vorsichtig rein geschaut. Scharf auf eine Begegnung mit den Bewohnern war ich nämlich überhaupt nich. Das Zimmer war leer und was noch viel besser war: Auf dem Tisch lag schon die erste Beute. Ein fettes Portemonnaie. Ich bin also rein und sack mir das Teil ein. Aber jetzt einfach wieder weg, wollte ich auch nich. Wenn schon die erste Beute so einfach is, dann liegt bestimmt noch mehr rum. Zwei Minuten dachte ich mir. Zwei Minuten und dann bin ich weg."

„Will ich wissen, was dann passiert ist?"

„Ich bin also ins nächste Zimmer. So einen echt fetten Flur. Eigentlich schon fast eine Eingangshalle. Hätte ich gar nich erwartet. Tja. Und da lag sie dann. Die Hausherrin. Nehm ich zumindest mal an, dass sie das war. Die lag einfach da auf dem Edelteppich auf dem Bauch. Alle Viere von sich gestreckt und tot. Zumindest so wie der Teil des Kopfes ausgesehen hat, den ich gesehen hab. Und dann dieser schwere Kerzenständer daneben. Als Kind hab ich so was mal im Fernsehen gesehen. Weißte? Die ganzen Krimis? Nur da waren das natürlich Schauspieler, die danach wieder aufgestanden sind. Bei der war klar, dass die nich mehr aufsteht."

Loreen war der Schrecken deutlich anzusehen. Aber Steama setzte seine Geschichte unbeeindruckt weiter fort.

„Naja. Soweit funktionierte ich ja noch. Zwar rückte die Zeit für den nächsten Schuss schon deutlich näher, aber mir war klar, dass ich wirklich ganz schnell weg musste. Aus der Nummer würde ich niemals wieder rauskommen, wenn mich einer von den Bullen erwischen würde. Und gerade als mir das klar wurde, kam ein Typ rein. Im weißen Hemd und drüber so nen Papieroverall. Wie die Spurensicherer die immer tragen. Also hab ich mir den Kerzenständer gegriffen und dachte mir, wenn der mich angreift, dann bin ich schneller. Der hat aber gar keinen auf Hektik gemacht. Der meinte nur: Du brauchst Drogen. Stimmt's?"

Loreen hatte es kapiert und klatschte grinsend Beifall.

„Das war echt eine coole Story, Steama. Ich geb zu, dass ich voll drauf reingefallen bin. Aber jetzt übertreibst du doch ein bisschen. Denk doch mal nach. Die Tote auf dem Boden. Der Mann im weißen Hemd ist dann ja wohl der Mörder. Du stehst da mit einem Kerzenständer in der Hand. Und der fragt dich ganz cool ob er dir gerade mal Drogen verticken soll."

Steama schaute sie verdutzt an.

„Nein. Is echt so passiert. Ich schwöre."

„Ach komm. Du verarscht mich. Woher soll der denn so schnell wissen, dass du Drogen brauchst? Nur mal so als Beispiel."

„Was weiß denn ich? Er wusste es einfach."

Steama schaute an sich herunter.

„Ich sah gestern glaub ich auch nen bisschen fertiger aus als jetz."

„Ja okay. Trotzdem. Der Mann soll doch in deiner Geschichte jetzt der Mörder sein. Der hat seinen Kopf dann doch ganz woanders. Der müsste normalerweise voll in Hektik sein. Du willst mir ja jetzt hoffentlich nicht so einen Scheiß von Profikiller erzählen?"

„Ich weiß das doch auch nich. Aber es war so. Lass mich wenigstens noch fertig erzählen. Auch wenn du es nich glaubst."

Loreen lehnte sich entspannt zurück.

„Naja. Wir haben ohnehin nichts Besseres zu tun. Schieß schon los."

„Also. Der hat mich dann erstmal da rein gequatscht, den Kerzenständer wieder hinzulegen. Mit den Drogen lag er ja richtig. In dem Moment, wo er das gesagt hatte, hat mein Körper scheinbar mitgehört und sich auch kräftig zu Wort gemeldet. Mir war das völlig egal, was mit der Frau auf dem Boden los war. Der Typ wollte mir Drogen geben, damit ich den Mund halte. Klar, hab ich ‚ja' gesagt. So was ist eine Gelddruckmaschine. Mir war sofort klar, dass ich immer dann, wenn es eng werden würde, jemanden hatte, wo ich hin gehen konnte. Der würde mir immer was geben."

„Das wäre allerdings ziemlich naiv von dir, Steama."

„Und wie. Mein Problem war nur, dass ich das nich kapiert hab. Ich war schon viel zu sehr auf die Drogen fixiert. Der Typ hat mich also in seinen fetten Wagen gepackt und is mit mir in die Stadt gefahren. Er sei Arzt hat er mir erzählt. Bei mir war nur klar, dass es immer schöner wurde. Arzt. Wie geil. Der konnte mir immer alles besorgen, was ich brauchte. Ein Sechser im Lotto is gar nix dagegen. Ging auch alles vollkommen glatt. Der hatte die Schlüssel. Wir sind in die Praxis gegangen. Er hat mir eine Spritze aufgezogen und für mich ging es ab ins siebte Himmelreich."

„Okay", erkannt Loreen an, „die Idee, dass das ein Arzt war, ist nicht schlecht. Je nachdem was der so macht, hat der vielleicht wirklich einen besseren Blick dafür, ob jemand drogensüchtig ist. Aber trotzdem ist das eine komplett bescheuerte Geschichte. Sobald wir hier raus sind, könntest du den jederzeit erpressen. Für den steht doch jetzt seine ganze Existenz auf dem Spiel. So blöd kann der doch gar nicht sein. Außerdem: Wenn der dir wirklich was gespritzt haben soll? Heroin nehme ich mal an. Wieso hatte der das denn da? Ich bleib dabei. Die Story stimmt vorne und hinten nicht. Du verarschst mich."

„Ne, ich verarsch dich nich. Ehrlich. Aber erklären kann ich dir das auch nich. Danach hab ich übrigens nen Filmriss. Das nächste, an das ich mich erinnere, ist das Taxi. Ich weiß nich, wie ich auf die Landstraße gekommen bin. Ich weiß erst recht nich, warum der Fahrer jemanden wie mich überhaupt mitgenommen hat. Ich weiß nur, dass ich jetz hier mit dir in der Küche sitze, frühstücke und dir von gestern erzähle. Auch wenn du mir kein Wort glaubst."

„Wie soll ich dir das denn auch glauben?" meinte Loreen. „Damit, dass er dir Drogen gegeben hat, ist er doch das Problem nicht losgeworden, dass da eine Tote lag und dass er dann ja wohl der Mörder ist."

„Vielleicht wollte er nur Zeit gewinnen. Alles gut aufräumen. Die Leiche verschwinden lassen. Du darfst nich vergessen, dass man jemandem wie mir nich so schnell glaubt. Außerdem würde ich doch nie freiwillig zu den Bullen gehen. Das weiß der doch auch."

Plötzlich wurde Steamas Gesicht aschfahl.

„Jetzt kapier ich das erst. Der will mir den Mord anhängen. Statt dem Taxi kommen bestimmt gleich die Bullen."

Loreen konnte ihren Lachanfall nicht verhindern. Steama spielte den Erschrockenen einfach zu überzeugend.

Haushaltshilfe

„Loreen! Wie kommst du dazu, mir meine Kleidung wegzunehmen? Du bist ein wirklich furchtbarer Mensch. Sieh dir nur an, was ich anziehen musste, um nicht nackig herumlaufen zu müssen! Ist unser Gastgeber endlich erschienen? Er muss mir angemessene Kleidung besorgen. So kann ich das Haus unmöglich verlassen!"

Steama hatte seine Angst, der Arzt könnte ihm einen Mord anhängen, in dem Moment vergessen, in dem Frau Schneider die Küche betreten hatte. Beim Anblick der gestern noch so ehrwürdigen Frau Schneider konnte er sich kaum zusammenreißen.

Sie trug ein bodenlanges, hochgeschlossenes, dunkles Kleid aus grobem Stoff. Die lange, seitlich mit großen Rüschen besetzte, weiße Schürze passte perfekt dazu.

„Du siehst aus wie ich mir das Küchenpersonal vor über hundert Jahren vorstelle", prustete er schließlich hervor.

„Da! Genau das wolltest du doch erreichen!" schrie Frau Schneider mit hochrotem Kopf in Loreens Richtung. „Du willst mich lächerlich machen! Mich zum Gespött machen! Noch nie in meinem Leben bin ich so gedemütigt worden. Und das alles nur, weil ich eine vollkommen natürliche Abscheu gegen deinen Beruf und dein Leben habe!"

„Also", antwortete Loreen gelassen, „ich versichere dir, dass ich das nicht gemacht habe. So etwas Blödes würde mir auch gar nicht in den Sinn kommen. Du bist außerdem nicht die erste, von der ich erfahre, dass mein Beruf in der Gesellschaft keinen sonderlich hohen Stellenwert genießt. Und das, obwohl ich noch nicht mal eine wie du es nennst ‚Nutte' bin. Wenn ich dann jedes Mal so primitive Rachegelüste hätte, wäre das schon ziemlich aufreibend."

Sie ließ ihren Blick langsam über Wilmas Kleidung gleiten.

„Vielleicht hast du deine Klamotten von gestern auch einfach ins Bad gelegt oder in den Wäschekorb. Vermutlich bist du es gewohnt, dass am nächsten Morgen alles gewaschen und gebügelt im Schrank hängt. Hast du überhaupt mal nachgesehen?"

„Selbstverständlich habe ich nachgesehen!"

Erst jetzt sah Frau Schneider, dass Loreen auch nicht mehr das Gleiche trug, wie am Vortag.

„Und du? Du hast dir schön etwas Neues besorgt, das man in deinem Alter im Haus tragen kann, wenn man sich mal etwas Legeres erlauben will. Wo hast du das überhaupt her?"

„Lag im Schrank. So wie dein Haushälterinnenkleid auch."

„Aah! Da haben wir es ja schon. Woher willst du denn wissen, dass das im Schrank hing? Ich habe das jedenfalls nicht erwähnt. Das kannst du also nur wissen, weil du es selber reingehängt hast. Das alles hier ist ein abgekartetes Spiel. Du willst mich einfach nur fertig machen. Aber das wird dir nicht gelingen. Das kann ich dir sagen. An mir prallt so etwas nämlich vollkommen wirkungslos ab."

„Ich merke es", lachte Loreen. „Deshalb hast du ja auch so einen hochroten Kopf. Aber der Reihe nach. Meine Sachen hingen im Schrank, ohne dass ich weiß, wie jemand meinen Geschmack und meine Größe so gut treffen konnte und Steamas Sachen hingen auch im Schrank. Warum sollen deine Sachen woanders gehangen haben? Ist doch naheliegend. Allerdings lagen die Sachen von gestern noch immer auf dem Stuhl, auf den ich sie vor dem Schlafen gelegt habe. Das scheint bei dir dann wohl nicht der Fall zu sein."

Mit Blick auf Steama wollte sie wissen, wie das eigentlich bei ihm gewesen sei. „Lagen deine alten Klamotten auch noch da, wo du sie gestern ausgezogen hast?"

„Nein. Die hätte ich auch bestimmt nicht mehr angezogen. Zwischen dem, was ich jetzt trage und dem was ich gestern an hatte, liegen ja wohl ganze Welten. Ist doch klar, wie ich mich da entschieden hätte."

„Okay. Halten wir fest. Ich bin wohl die einzige, die heute Morgen eine echte Alternative hatte", stellte Loreen lächelnd fest, worauf Willma sie mit zusammengekniffenen Augen fixierte.

„Da brauchst du gar nicht so dämlich zu grinsen. Du bist und bleibst eine durchtriebene Nutte. Nur, dass man es jetzt nicht mehr an deiner Kleidung ablesen kann."

„Aber jetzt mal im Ernst", erklärte Steama. „Es geschehen hier schon komische Sachen. Es gibt zum Beispiel im ganzen Haus keine Ausgangstüre. Ich weiß nicht, ob dir das bei deiner ganzen Aufregerei überhaupt schon aufgefallen ist, Willma? Dann bin ich eben ziemlich übel in eine Glasscherbe getreten und es hat noch nicht einmal geblutet. Und schließlich noch die Sache mit den Klamotten. Ich persönlich hab ja keine Schuhe angezogen. Aber bei Loreen sieht das so aus, als ob die Größe perfekt ist. Deine Schuhe kann ich unter dem langen Rock ja nicht sehen. Und die Kleidung selber scheint bei uns dreien auch perfekt zu passen. Bei Loreen sieht es sogar sehr, sehr gut aus. Bei dir nicht so sehr, aber so ein Haushälterinnenkleid ist ja auch nicht dafür gemacht, gut auszusehen."

„Es kann selbst einem Menschen, der so fertig ist, wie du, nicht entgangen sein, dass ich das nicht freiwillig angezogen habe. Worüber reden wir hier schließlich die ganze Zeit?"

„Ja, aber warum hast du denn nicht wenigstens die Schürze weggelassen?" wollte Loreen wissen. „Das muss doch so wirken, als ob du das in deinem tiefsten Innersten sogar tragen willst. Nur traust du dich nicht, das zuzugeben und schiebst jetzt einfach mir alles in die Schuhe. Finde ich echt nicht gut."

„Die Schürze ist angenäht! Fest mit dem unsäglichen Kleid verbunden!"

Zur Bekräftigung riss sie an der Schürze, die tatsächlich bis zum unteren Saum fest mit dem Kleid verbunden war.

„Kapiert?!"

„Ist ja krass", kommentierte Loreen. „Wer macht sich denn so eine Mühe?"

„Du!" schrie Willma. „Du und dein dreckiger Kumpan hier. Ihr macht das alles! Nur um euch dann heute Abend in irgendeiner dreckigen Spelunke vor euren miesen Freunden damit zu brüsten, dass ihr einer angesehenen Bürgerin ganz übel mitgespielt habt."

„Gibt es irgendeinen Text", wollte Loreen nach einem resignierten Stöhnen wissen, „den ich produzieren kann, um dich davon zu überzeugen, dass ich das nicht war?"

„Natürlich nicht! Wie auch? Du warst es ja!"

„Oh man, Willma. Schalt doch endlich mal dein Hirn ein", schlug Loreen vor. „Vielleicht gehst du einfach mal ein paar Minuten nach draußen an die frische Luft und dann kommst du noch mal neu rein und wir tun alle so, als ob diese dumme Streiterei gar nicht stattgefunden hätte. Zumindest wenn es dir gelingen sollte, eine Haustüre zu finden."

„Damit du mich dann ausschließen kannst und ich mich auch noch draußen zum Gespött der Leute machen muss? Hältst du mich für vollkommen naiv?"

„Eigentlich nicht. Aber im Moment glaube ich, dass du so aufgeregt bist, dass du nicht klar denken kannst."

„Wann ich klar denken kann und wann nicht, das kannst du ruhig mir überlassen. Unglaublich was ich mir hier alles anhören muss. Nur zu deiner Information. Mein Hirn, wie du es nennen würdest, funktioniert vortrefflich. Es steht außer Frage, dass mein Anwalt kurzen Prozess mit euch machen wird, sobald ich ihn mit euren Unverschämtheiten vertraut gemacht habe. Immer daran denken: Wer zuletzt lacht, lacht…"

Sie stockte im Satz, als sie merkte, dass sie das Ende des Spruchs vergessen hatte. Ohne ein weiteres Wort drehte sie sich um und rauschte aus dem Raum. So etwas war ihr in ihrem ganzen Leben noch nicht passiert. Was diese beiden heruntergekommenen Versager sich einbildeten war einfach nur unverschämt. Jetzt galt es einen klaren Kopf zu behalten und die notwendigen Schritte einzuleiten. Zwischendurch würde sie natürlich auch mal einen Blick nach draußen werfen. Sie musste nur aufpassen, sich nicht auszuschließen. Das war alles. Vielleicht würde das Taxi ja sogar genau in dem Moment vorfahren. Was wäre das für ein Spaß, wenn sie schnell einsteigen und die beiden anderen ihrem Schicksal überlassen könnte.

Bald war sie sich sicher, das ganze Erdgeschoss durchsucht zu haben. Bislang hatte sich einfach nur ein Zimmer an das nächste gereiht. So groß hatte sie das Haus gar nicht in Erinnerung. Das waren ja schon fast palastartige Ausdehnungen. Nirgendwo war ein Telefon, ein Gastgeber oder eine Ausgangstüre zu finden.

Schließlich blieb sie gedankenverloren auf der Schwelle zwischen zwei Räumen stehen. Sie musste sich konzentrieren. Wie war sie denn gestern eigentlich hineingekommen? Der Salon, in dem sie sich niedergelassen hatte, hatte direkt an den Eingangsbereich gegrenzt. Und daneben war die Küche in der Loreen diese köstlichen Pfannekuchen zubereitet hatte. Zu schade, dass sie davon kaum etwa gegessen hatte. Aber eine klare Haltung gegenüber Loreen war in dem Moment einfach wichtiger gewesen.

Als sie merkte, dass ihre Gedanken um den vergangenen Abend kreisten, rief sie sich zur Ordnung. In keinem Fall durfte sie ihre Zeit damit verschwenden, zurückzudenken. Jetzt musste sie endlich ein Telefon finden. Oder die Eingangstüre. Eigentlich war doch alles ganz einfach. Sie hatte die Küche nur durch die falsche Türe verlassen. Das war alles. Sie musste noch mal in die Küche zurück. Dann würde sie auch den Ausgang finden. Bestimmt hing direkt daneben auch ein Telefon. Das war in alten Häusern doch eigentlich immer so.

Also machte sie sich wieder auf den Rückweg. Kurz bevor sie an ihrem Ziel ankam – sie konnte schon die Unterhaltung der beiden anderen hören – stellte sie fest, dass an dem Tisch neben ihr offenbar eine größere Gesellschaft gespeist hatte. Sie nahm das bereitstehende Tablett und begann erst vorsichtig und dann mit immer sichereren Handgriffen den Tisch abzudecken.

Als sie mit dem hochbeladenen Tablett in der Küche ankam, unterbrachen die beiden jungen Leute ihr Gespräch abrupt und schauten mit offenen Mündern zu ihr. Sie hatte nicht die geringste Idee, was sie falsch gemacht hatte.

„Entschuldigung. Störe ich? Ich musste doch den Tisch abdecken. Nicht auszudenken, wenn die Herrschaften zurückkommen und der Tisch ist noch in Unordnung. Ich frage mich wirklich, wo das ganze Personal geblieben ist."

Sie schaute sich in der Küche um und räumte schnell auf. Erst als alles in der Spülmaschine verstaut war, wandte sie sich wieder Loreen und Steama zu.

„Ich kann das ja verstehen, dass ihr euch lieber in der Küche aufhaltet als in euren Zimmern. Aber meint ihr nicht, dass es an der Zeit ist, sich umzuziehen? Eure Eltern kommen sicherlich bald zurück und wollen euch gerne den Gästen vorstellen. Und das bestimmt nicht in Freizeitkleidung."

„In was für einem Film bist du denn gelandet, Willma?" wollte Steama wissen, während sich Loreen abwartend zurücklehnte.

„Ach Steama. Was für ein Film. Das ist mal wieder typisch Steama. Ich kenne dich schon, seit du ganz klein warst. Damals war ich neu in eurem Haushalt und hatte oft die Aufgabe, mich um dich und deine Schwester zu kümmern. War nicht immer einfach. Muss ich sagen. Aber letztlich ist ja doch was Anständiges aus dir geworden."

Steama schaute hilfesuchend zu Loreen, die aber nur ratlos mit den Achseln zuckte.

„Und als was hast du hier angefangen?" wollte er von Willma wissen.

„Das weißt du doch. Ich war zuerst nur Haushaltshilfe. Die gute alte Hermine hat mich ausgebildet. Das waren harte Jahre, aber ich muss sagen, dass sie immer fair war. Bei ihr habe ich alles gelernt, was ich über Haushaltsführung weiß. Und das ist nicht gerade wenig. Wir haben ja früher noch viel mehr von Hand gemacht als jetzt. So eine Spülmaschine zum Beispiel gab es damals ja noch nicht. Wir waren ja schon froh, als wir endlich fließendes heißes Wasser in die Küche bekommen haben. Fließendes heißes Wasser! Was für ein Luxus. Die ganzen elektrischen Geräte kamen ja erst, als die gute Hermine schon lange unter der Erde lag. Der gnädige Herr hat dann ja auch immer mehr am Personal gespart. Am Ende hatte ich nur noch eine einzige Hilfe. So ein dummes ungebildetes Ding. Die war wirklich nur für die einfachsten Arbeiten zu gebrauchen. Hat den Männern schöne Augen gemacht. Das konnte sie. Aber in der Küche war sie ohne Wert."

„Das ist jetzt aber wirklich schon lange her", stellte Steama fest, der eigentlich überhaupt nicht wusste, was er sagen sollte.

„Ach so lang auch wieder nicht. Ich weiß noch genau, dass sie tatsächlich mit dem Sohn des gnädigen Herrn angebandelt hat. Stellt euch das nur vor. Was für ein unglaublicher Skandal. Die beiden haben tatsächlich zusammen das Haus verlassen."

„Und dann?"

„Schrecklich. Noch bevor der gnädige Herr ihn enterben konnte, traf ihn der Schlag. Wir haben ihn erst am nächsten Tag gefunden. Der Medizinalrat ist natürlich sofort gekommen, aber selbst er konnte nichts mehr machen."

„Wer war tot? Der Vater oder der Sohn?"

„Der Vater! Das war ja das Schlimme! Der Sohn mit seiner nichtsnutzigen Braut hat das hier alles geerbt. Eine Schande. Und was meint ihr, was die sich hochnäsig aufgeführt hat, als sie hier mit Prunk und Pomp einmarschiert ist. Ich musste sie auf einmal mit ‚gnädige Frau' ansprechen. Alles was sie wollte, egal wie dumm die Anweisungen waren, musste ich ausführen, als ob es für mich keine größere Freude geben würde. Wie demütigend."

Willma schaute auf die große Uhr an der Küchenwand.

„So, ihr beiden. Jetzt haben wir genug geschwatzt. Bleibt ruhig noch etwas sitzen. Ich muss den Tisch für den Tee eindecken."

Damit verließ sie die Küche und ließ Steama und Loreen vollkommen ratlos zurück.

„Also", meinte Steama, „mir ist im ersten Moment schon irgendwie ne Gänsehaut den Rücken runtergelaufen. Das war ja vollkommen neben der Wirklichkeit. Also nich unbedingt, wie bei dem, was ich immer so geträumt hab, wenn ich mal wieder drauf war. Aber trotzdem echt abgefahren. In was für nem Tripp steckt die fest? Die sollte doch eigentlich nur frische Luft schnappen. Was meinst du, Loreen? Du hast mir eben noch erzählt, dass du ne Hobbypsychologin bist. Jetzt leg mal los."

„Naja. Das bezog sich eigentlich eher auf meine Kundschaft. Die Typen haben ganz andere Probleme. Ich würde fast sagen: Ziemlich harmlose Probleme. Und zudem noch alle ungefähr die gleichen. Aber das hier", sie winkte mit dem Kopf zu der Tür durch die Willma verschwunden war, „ist schon eher ein richtig fettes Problem."

„Is ja nur für mich. Lass mal hören."

„Tja." Loreen kaute an ihrer Unterlippe. „Jedenfalls glaubt sie, dass sie Küchenpersonal ist. Die redet auf einmal auch ganz anders. Passt jedenfalls gut zu dem Kleid über das sie sich vorher noch so wahnsinnig aufgeregt hat."

Plötzlich fing Loreen an, herzhaft zu lachen.

„Was ist?" wollte Steama wissen, der schon fast mitlachte, obwohl er gar nicht verstand, worum es ging.

„Ach lass", winkte Loreen ab, als sie sich langsam wieder fing. „Ich hatte nur gerade an eine Kollegin von mir gedacht. Die stolziert manchmal in so einer Hausmädchenuniform aus Latex herum und muss für ihre Kunden dann mit so einem dicken Puschel die Ecken sauber machen."

Jetzt brach auch Steama in Lachen aus. „Du hast dir vorgestellt, dass Willma heute nur so ein Kleidchen in ihrem Schrank gefunden hätte?"

„Okay", setzte er wieder an, als er sich beruhigt hatte, „jetzt aber mal in echt. Hat die gerade irgend nen Dachschaden oder so was?"

„Mal abgesehen davon, dass ich nicht so richtig weiß, was das für einer seien sollte", antwortete Loreen, während sie sich noch vorsichtig die letzten Lachtränen abwischte, „glaube ich eigentlich eher, dass hier irgendwas abläuft, das ohnehin nicht ganz real ist. Bei Willma ist das einfach nur ein bisschen aus dem Ruder gelaufen."

„Wie?"

„Na, du hast das mit der Haustür ja schon selber festgestellt. Und so sehr ich dir das gönne, ist es doch auch ziemlich komisch, dass du plötzlich vom Junkie zu einem völlig gesunden Menschen mutiert bist."

„Ja", Steama schaute sich zufrieden um. „Das ist alles ganz angenehm im Moment. Nicht nur, dass ich auf einmal clean bin. Wir beide haben auch noch Personal. Fehlt nur noch so ein Glöckchen, mit dem wir klingeln können und schon kommt die eifrige Willma herbeigerauscht, um nach unseren Wünschen zu fragen."

„Naja. Jetzt übertreib mal nicht direkt. Ich für meinen Teil komme ganz gut ohne Personal aus. Stell ich mir sogar ziemlich blöd vor. Da hast du immer irgendwen Fremdes in der Wohnung rumlaufen. Wäre nichts für mich."

„Och. Seh ich anders. Is doch praktisch. Nie wieder aufräumen."

„Als ob du in den letzten Jahren auch nur mal ansatzweise an so etwas wie Aufräumen gedacht hättest. Du warst doch viel zu sehr damit beschäftigt das Geld für deinen nächsten Schuss zusammenzukratzen. Ich kann dir echt nur empfehlen, jetzt nicht zu überdrehen."

„Da ist sie ja wieder, unsere Hobbypsychologin. Wäre doch cool jetzt einfach nach Willma zu rufen und ein Bier zu bestellen. Was ist denn so falsch daran? Wo die das doch scheinbar gar nich richtig mitbekommt", wollte er grinsend von Loreen wissen.

„Ja klar. Ist aber trotzdem nicht sonderlich klug. Stell dir nur vor", schlug Loreen lachend vor, „so wie Willma Haushälterin geworden ist, komme ich auf einmal als so eine Art ‚Rächerin der Unterdrückten' hier rein und meine erste Amtshandlung ist es, dich an den Pranger auf den Marktplatz zu stellen, weil du zu faul bist, dir dein Bier selber zu holen."

„Okay", lenkte Steama leichthin ein. „Du hast mich überzeugt. Willma hat sicherlich auch ohne meine Ideen genug mit sich selber zu tun. Obwohl, wenn du mich auf den Markplatz schleifst, ist wenigstens das Problem mit der fehlenden Haustüre gelöst. Wäre vielleicht doch einen Versuch wert."

„Steama, Steama. Du entwickelst dich ja noch zum Komiker."

Bevor er antworten konnte, kam Willma in die Küche zurück.

„So, meine Lieben. Jetzt brauch ich aber mal etwas mehr Platz. Und Hilfe könnte ich auch gebrauchen. Ich verstehe noch immer nicht, wo die Aushilfe bleibt."

„Kein Problem", bot sich Loreen an. „Ich kann dir gerne helfen. Sag mir einfach, was ich machen soll."

„Ich schau mich derweil mal ein bisschen im Haus um", erklärte Steama mehr sich selbst, als den beiden anderen, während er die Küche möglichst unauffällig verließ.

Kartoffeln schälen

„So. Was liegt an?" wollte Loreen wissen.

Willma zeigte auf eine kleine Kammer und auf einen großen Topf.

„Kartoffeln schälen."

Nachdem Loreen sich alles zusammengesucht hatte und die erste geschälte Kartoffel im Topf lag, überlegte sie sich, dass es langsam an der Zeit war zu erforschen, ob Willma eigentlich mitbekam, was mit ihr vor sich ging.

„Findest du das nicht seltsam, dass du hier einen Haushalt schmeißt, in dem du gestern gerade mal als Gast für eine Nacht angekommen bist?"

Für einen kleinen Moment schaute Willma irritiert zu Loreen und wandte sich dann wieder ihrer Arbeit zu.

„Mein liebes Kind. Ich habe jetzt wirklich keine Zeit mir darüber Gedanken zu machen. Da war irgendwie was, das stimmt. Aber mehr so... Egal. Ich muss mich auf die Küchenarbeit konzentrieren. In zwei Stunden muss das Essen auf dem Tisch stehen. Ohne deine Hilfe würde ich das überhaupt nicht schaffen."

„Kein Problem. Ich helfe gerne. Hab ich früher auch immer gemacht und in der WG finde ich das Kochen geradezu entspannend."

„Kochen entspannend? Was ist an Kochen entspannend?"

„Naja. Zum einen ist es natürlich entspannend, wenn ich keine Arbeitskleidung an habe und dann ist es entspannend, weil eigentlich immer jemand von den anderen in der Küche ist. Wir können uns dann unterhalten. Über Gott und die Welt sozusagen."

„Für wieviel Leute kochst du?"

„Wir sind zu viert. Und keiner von uns hat einen Job mit den Standardarbeitszeiten. So irgendwie von Acht bis Vier oder so. Mein Freund zum Beispiel ist Schriftsteller. Der arbeitet natürlich ohnehin zuhause. Zumindest dann", fügte sie lachend hinzu, „wenn er nicht gerade mal wieder eine Schreibblockade zelebriert."

„Schriftsteller", wiederholte Willma abschätzig. „Der verdient doch kaum die eigene Miete. Der kann dir doch gar kein vernünftiges Leben bieten. Wer weiß schon, was du hinterher noch alles machen musst, um dein Brot zu verdienen, wenn du hier mal raus bist."

Willma hielt in ihrer Arbeit inne und schaute in Gedanken erst auf ihre Hände und dann in Loreens Gesicht.

„Ich weiß, was dein Problem ist. Dein Freund zwingt dich auf unsittliche Weise Geld zu verdienen. Deshalb hattest du doch gestern diese furchtbaren Kleidungsstücke an."

„Noch mal zur Erinnerung: Ich mache das vollkommen freiwillig. Und was die Klamotten angeht… Die sind extrem cool. Ist auch nicht so ein billiges Zeug. Insofern kann ich das ganz gut tragen. Das einzige, was wirklich nervt, sind die langen Fingernägel."

„Da wollte ich dich die ganze Zeit schon drauf ansprechen. Keine Frau, die einen Haushalt führt, kann das mit solchen Fingernägeln machen. Hinten in der Schublade findest du eine kräftige Schere."

„Naja. Meine Kunden erwarten, dass ich sehr gepflegte Fingernägel habe, die zudem schlank wirken sollen. Am Anfang hatte ich die sogar einen ganzen Zentimeter verlängert. Damit habe ich wirklich nur Probleme gehabt. Nicht, dass man sich damit nicht arrangieren könnte. Aber ich wollte das nicht. Jetzt sind die nur noch eine halben Zentimeter über die Fingerkuppen. Damit komme ich ganz gut klar und meine Kunden haben auch nichts zu meckern."

„Das ändert nichts an meiner Meinung. Wer seinem Mann oder seinen Herrschaften einen guten Haushalt führen will, kann das mit langen Nägeln nicht machen. Selbst dann, wenn der Mann kein Geld nach Hause bringt, muss man ein Mindestmaß an Anstand wahren."

„Schneide ich dir die Kartoffeln zu langsam?"

„Naja. Ich habe es schon deutlich schneller gesehen. Aber für eine ungelernte Kraft machst du das ganz gut."

„Ich hatte mal einen Bericht über so eine Großküche gesehen. Da haben die sich die Kartoffeln direkt geschält liefern lassen. Solltest du vielleicht auch mal drüber nachdenken."

„Du hast Ideen", schüttelte Willma den Kopf. „Die müssen doch auch irgendwo geschält werden. Und danach liegen die womöglich an der frischen Luft und kommen hier braun an. Dann muss ich doch wieder jede einzelne Kartoffel in die Hand nehmen. So ein Blödsinn."

„Sag mal. Hast du außer Steama und mir eigentlich schon jemand anderen gesehen? Ich meine hier im Haus?"

„Was ist das denn für eine Frage? Ich würde doch nicht so ein großes Essen zubereiten, wenn ihr beiden die einzigen seid, die ich zu versorgen habe."

„Naja, um genau zu sein, versorgst du uns beide und dich. Also drei."

„Mich? Ich esse doch nicht mit euch im Salon. Wo denkst du hin?"

„Also ich habe hier noch niemanden gesehen. Würde mich wirklich wundern, wenn jetzt auf einmal eine ganze Gesellschaft zusammenkommen würde. Wer hat dir denn eigentlich gesagt, dass Gäste da sind. Und wieviel sind das eigentlich?"

„Zwanzig. Und selbstverständlich hat mir die Herrin gesagt, was ich zu tun habe."

„Ah", murmelte Loreen grinsend. „Die Formulierung kenne ich doch irgendwo her. Und das von einer Frau, die gestern noch alles kontrollieren wollte. Schon lustig."

„Ich habe dich sehr gut verstanden. Meine Ohren sind noch perfekt. Du kannst das ruhig lustig finden. Als Tochter der Herrschaften bist du ja mit dem goldenen Löffel im Mund geboren. Ich allerdings muss viel und gewissenhaft arbeiten, um mein Auskommen zu haben. Wie weit bist du denn mit den Kartoffeln? Danach musst du noch den Blumenkohl waschen und schneiden. Halt dich bitte ran."

„Ja, ja. Kein Problem. Bin mit den Kartoffeln ja auch gleich schon fertig. Also, so richtig verstehe ich das nicht.

Mal habe ich den Eindruck, dass du genau weißt, dass wir uns erst gestern kennengelernt haben und zwei, drei Sätze später scheinst du wieder seit einer halben Ewigkeit in diesem Haushalt zu arbeiten und Steama und ich sind die Kinder deiner Herrschaften. Bekommst du das eigentlich mit?"

Willma ließ für einen kurzen Moment die Hände sinken und schaute Loreen nachdenklich an.

„Heute ist tatsächlich ein sehr seltsamer Tag. Vielleicht habe ich mir ja eine Krankheit eingefangen. Gott bewahre. Bloß nicht das Fieber. Nein. Unsinn. Was rede ich denn da? Ich helfe dir doch nur aus, weil du mit dem Kochen für deine WG nicht klar kommst."

Sie legte das Messer zur Seite und ließ sich erschöpft auf einen Stuhl fallen.

„Aber das stimmt auch nicht, oder? Irgendetwas stimmt nichts mit mir. Mit dem Zubereiten des Essens hatte ich noch eine Aufgabe, an der ich mich irgendwie festhalten konnte", erklärte sie weinerlich. „Das alles hier erinnert mich an etwas. Ich verstehe nur nicht, an was. Das ist alles so verschwommen."

Einen Moment lang hatte Loreen schon gedacht, dass Willma in Tränen ausbrechen würde. Dann aber nahm Willma wieder die kontrollierte Körperhaltung an, die sie bis zu ihrem Auftauchen im Küchenhilfenoutfit permanent gehabt hatte.

„Ich weiß zwar nicht, warum ich das gerade dir anvertraue. Einer Nutte. Aber ich muss es einfach erzählen. Jetzt ist mir nämlich doch etwas eingefallen."

Sie schaute Loreen herausfordernd an. Vielleicht in der Hoffnung, dass Loreen sie durch eine unpassende Erwiderung von ihrem Vorhaben abhalten würde. Als sie das aber nicht tat, fing Willma mit ruhiger Stimme an, zu reden.

„Eigentlich habe ich nie so richtig in das Leben hineingepasst. Immer nur die charmante Gastgeberin. Nie selber mal die Hände schmutzig machen. Am Anfang hatte ich mir das so wunderbar vorgestellt. Und es war auch wunderbar. Ich habe es aus vollen Zügen genossen. Man stelle sich das nur vor. Billige, ungelernte Aushilfe angelt sich den Millionenerben. Mein Herz ist vor lauter Glück geplatzt. Ich saß auf einmal auf der anderen Seite vom Tisch. Ich konnte mit dem kleinen Finger winken und alle, die mir vorher Befehle erteilen duften, mussten springen. Wenn du mich damals gefragt hättest, dann hätte ich dir keine bessere Definition von ‚Glück' geben können."

„Und jetzt?"

„Jetzt? Ich weiß es nicht. Vielleicht wäre es jetzt Glück, wenn ich den ganzen Tag Hilfsarbeiten in der Küche machen dürfte. Wenn ich wüsste, dass ich nicht verhungern kann. Wenn ich ein kleines Zimmer unter dem Dach hätte. Wenn ich nach einem anstrengenden Tag einfach nur da sitzen würde und der Sonne beim Untergehen zuschauen würde. Irgendwas in der Art."

„Ja, Glück ist schon echt extrem unterschiedlich. Damals als du dir den Millionär geangelt hast und auf einmal nicht mehr die Aushilfe warst, hast du deine ehemaligen Kollegen da echt schikaniert?"

„Ja", nickte Willma, „hab ich. Wenn ich mich richtig erinnere, war das meinem Mann gar nicht recht. Es hat sich aber auch ziemlich bald von selber erledigt. Mein Mann hat das alte Anwesen seiner Eltern verkauft und uns eine schöne Villa am Stadtrand gebaut. Da gab es dann nur noch eine Putzfrau. Sie hat immer gute Arbeit abgeliefert. Und sie war auch nicht aus dem alten Haushalt. Insofern hatte ich keinen Grund, ihr Probleme zu machen. Hat mein Mann wahrscheinlich extra so eingerichtet."

„Und wenn ihr Gäste hattet? Hast du das dann selber gemacht?"

„Wo denkst du hin? Catering. Ganz einfach. Die haben immer professionelles Personal gestellt. Es gab keinen Grund zur Klage. Ich konnte die perfekte Gastgeberin spielen und so tun, als ob alles nur deshalb funktionieren würde, weil ich es war, die die Fäden in der Hand hielt. Vermutlich war nahezu allen klar, dass das nicht der Fall war. Zumindest in den Anfangsjahren. Irgendwann hat sich dann alles gewandelt. Ich weiß gar nicht, wann das anfing. Vermutlich ein schleichender Prozess. Ab und zu habe ich kleine Gesellschaften auch mal selber gemacht. Wenn man es oft genug gesehen hat, ist das gar nicht so furchtbar schwer.

Mein Mann, dem lange vorgeworfen worden war, sein Erbe nicht verdient zu haben, hat dann irgendwann beruflich Fuß gefasst. Damit wandelte sich der Bekanntenkreis langsam aber stetig. Ich glaube inzwischen haben wir zu niemandem mehr Kontakt, der weiß, unter welchen Vorzeichen unsere Ehe zu Stande gekommen ist."

„Hört sich doch eigentlich gar nicht so schlecht an. Also zumindest von der Tendenz."

„Du denkst, ich hätte das als Möglichkeit gesehen, mich auf die neuen Umstände einzustellen und meinem Leben noch mal eine neue Richtung zu geben? Zum Beispiel: Arbeiten gehen. Nicht, weil wir kein Geld mehr hätten, sondern einfach nur, um die Tage mit mehr Sinn zu füttern?"

„Ja, das war mir wirklich durch den Kopf gegangen. Obwohl das mit dem Bild, dass du gestern abgegeben hast, nicht zusammenpasst."

„Richtig. Das passt nicht. Die Antwort ist ganz einfach: Die Chance habe ich nicht gesehen. Und ehrlich gesagt, wird mir das jetzt erst klar. Jetzt, wo ich es dir sage."

„Und was hast du dann den ganzen Tag gemacht? Wenn du nicht irgendeinen Job für Geld angenommen hast?"

„Ich habe es als meine Aufgabe angesehen, eine gute Ehefrau zu sein. Jeden Wunsch von den Lippen ablesen. Immer der Meinung meines Mannes zu sein. Natürlich immer perfekt gepflegt und gestylt zu sein."

„Warum muss ich gerade an eine Klette denken?" kommentierte Loreen.

„Genau das. Mein Mann war nur dann ohne mich, wenn er arbeiten war. Und er musste immer mehr arbeiten. Sogar an den Wochenenden. Statt das zu kapieren, bin ich aber nur noch stärker in meine Rolle gefallen. Glaub mir bitte, dass mir das tatsächlich erst jetzt wirklich klar wird. Vermutlich habe ich so an ihm gehangen, dass ich ihm buchstäblich die Luft zum Atmen genommen habe."

„Hat er nicht mal versucht, dir das klar zu machen?"

„Ich glaube schon. Aber irgendwie kam das bei mir nicht an. Das musst du dir fast so vorstellen, als ob seine Worte auf dem Weg von meinen Ohren bis zu meinem Gehirn ihren Sinn verloren. Oder sogar ins Gegenteil verdreht wurden."

Willma stütze ihren Kopf in ihre Hände und starrte ausdruckslos vor sich hin. Schließlich seufzte sie einmal tief durch und brachte dann weinerlich hervor, dass ihr Mann sie überhaupt nicht verdient habe.

„Naja", versuchte Loreen sie zu trösten. „Besser man hat eine späte Erkenntnis als gar keine. Vielleicht hast du ja noch die Chance, es besser zu machen."

Willma schaute erschrocken auf.

„Was meinst du mit ,vielleicht'? So ein dummes Zeug. Ich werde zurück zu meinem Mann gehen und er wird mich weiterhin lieben und brauchen. Ich weiß gar nicht, warum du versuchst, mich hier in eine ausweglose Situation hinein zu drängen. Du wirst sehen, dass sich das alles auflösen wird. Dir fehlt nur die geistige Flexibilität. Ist natürlich kein Wunder. Bei jemandem wie dir, der sich im Gegensatz zu mir noch nicht einmal zu kleiden weiß."

Als Antwort schaute Loreen demonstrativ auf Willmas altertümliche Küchenhilfenkleidung. Willma folgte Loreens Blick, nahm entschlossen das Messer in die Hand und stürzte sich wieder in die Essensvorbereitung.

„Das wird knapp. Wir müssen uns jetzt wirklich beeilen."

Es gibt noch andere

Wirklich viel Lust, sich weiter mit Willma zu unterhalten hatte Loreen nicht. Schon alleine deshalb, weil sich Willmas Persönlichkeit andauernd änderte. Ziemlich gruselig. Zumindest wenn sie mal in Ruhe darüber nachdachte. Eigentlich wäre eine Beschäftigung, wie Gemüse putzen gar nicht so schlecht, um sich selber mal wieder ein bisschen zu sortieren. Die Hände wären beschäftigt. Der Kopf wäre unterfordert. Ideal um einfach ein paar Gedanken nachzuhängen und nicht mit Willma zu reden.

Bevor Loreen allerdings den ersten Rosenkohl in der Hand hatte, kam Steama zurück.

Es reichte ein Blick, um zu erkennen, dass es ihm nicht gut ging. Ohne etwas zu sagen, setzte er sich an den Küchentisch. Willma warf nur einen kurzen Blick auf ihn und wandte sich dann wieder ihrer Arbeit zu. Die Art wie sie dabei die Augenbrauen hoch zog, vermittelte die unverrückbare Missachtung, die sie in ihrem momentanen Zustand für Typen wie Steama empfand.

Loreen hatte nach dem anstrengenden Gespräch mit Willma keine Lust, sich schon wieder irgendeine Psychonummer anzuhören. Zumal sie sich sicher war, dass von Willma dann auch wieder einige nervige Kommentare kommen würden.

Steama schaute die Tischplatte an, als er den beiden eröffnete, dass sie niemals glauben würden, was er gerade erlebt habe.

„Etwas, das du erlebt hast, wird uns sicherlich nicht umhauen", antwortete Willma. „Vermutlich wirst du ohnehin etwas genommen haben und gar nicht in der Lage sein zwischen Realität und Phantasie zu unterscheiden."

„Wenn ich was genommen hätte, dann wäre das nur irgend so ein Horrortrip gewesen. Die kenne ich zu genüge. Ich hab aber nix genommen. Ich bin clean. Kannst du Loreen fragen."

Plötzlich lauschte er angestrengt zur Türe.

„Hört ihr da auch was? So ein Schlurfen?"

Beide hielten mit ihrer Arbeit inne und strengten ihre Ohren an.

„Nee. Ich hör nichts. Vielleicht ist irgendwo ein Fenster auf oder so", schlug Loreen vor.

„Und du? Willma. Du hörst auch nichts?"

Willma schaute Steama erschrocken an und strich dann mit ihren Händen über die Schürze.

„Die Gäste kommen vom Ausflug zurück. Ich muss schneller machen. Wir haben die ganze Zeit nur geredet und geredet. Wie konnten wir nur unsere Arbeit vergessen?"

„Sind deine Gäste vielleicht alles alte Leute? Also richtig krass alte Leute. Weiß nich. So von sechzig aufwärts? Einer tattriger als der andere. Dann kann ich dir sagen, dass die zwei Räume weiter versammelt sind."

„Ich muss denen einen Aperitif servieren. Hoffentlich bin ich nicht zu spät. Die Herrschaften werden sonst böse mit mir."

Während Willma die Küche hastig verließ, versuchte Steama ihr zu sagen, dass sie vorsichtig sein solle. Die Leute seinen wirklich schlecht drauf. Willma bekam davon allerdings nichts mehr mit.

„Na, jetzt erzähl schon", forderte Loreen ihn dann doch auf. Es würde sich ja ohnehin nicht vermeiden lassen, dass Steama loswerden musste, was er erlebt hatte. Und es war sicherlich besser, wenn Willma nicht in der Nähe war. Egal in welcher ihrer Figuren sie gerade steckte.

„Ich nehme an, du hast mitbekommen, dass ich die Flucht ergriffen habe, als Willma hier anfing, ihr komisches Essen vorzubereiten. Erst mal find ich es schwachsinnig für Leute zu kochen, die gar nicht da sind und dann bin ich ohnehin nich der Typ fürs Kochen. Mir haben jahrelang die Reste gereicht, die andere weggeworfen haben."

Er machte eine Geste, als ob das wegwischen wollte.

„Egal. Besser ich wär hier geblieben. Da draußen bin ich in so nen Raum gegangen. Ich hab mir überhaupt nix Böses dabei gedacht. Wollte einfach mal schauen, was das für ein Raum war."

„Glaub ich dir. Und?"

„Als ich drin war, hab ich auf einmal festgestellt, dass ich mitten in ein Treffen von alten Leuten geraten bin. Wie heißt das noch mal?"

„Seniorentreffen?" half Loreen aus.

„Genau. Da war also ein Seniorentreffen. Im ersten Moment dachte ich noch: Super Steama. Jetzt kannst du ja direkt zeigen, dass du nur noch Gutes tun willst. Hier braucht bestimmt jemand deine Hilfe. Egal was. Irgendwie würd ich schon was machen können."

„So, wie du das sagst, war das wohl nichts?"

„Aber so gar nich. Die schienen nur auf mich gewartet zu haben. Kannst du dir das vorstellen? Ich stand mitten im Raum und von allen Seiten rückten die an mich ran. Und jeder von denen redete auf mich ein. Ich hab kein einziges Wort verstanden. Erst als die ganz dicht an mir dran waren, blieben die stehen. Ich klemmte zwischen deren Rollstühlen und Rollatoren fest. Früher hätte ich wahrscheinlich wild um mich geschlagen und mir einen Weg nach draußen gebahnt. Aber das kann ich jetzt nich mehr."

„Du erzählst das, als ob die sich in Zombies verwandelt hätten."

„Nee. Einer von denen – scheinbar so was wie der Chef – hat mit einer Geste alle zum Schweigen gebracht. Das war fast noch gruseliger als vorher. Dann hat der Typ mich angeschaut und mich gefragt, ob ich eine Idee hätte, wo ich wäre."

Loreens Augen leuchteten erwartungsvoll auf.

„Und? Das wüsste ich nämlich auch gerne."

„Soviel kann ich dir schon jetzt sagen. Ich habe keine Ahnung, warum du hier bist. Aber ich weiß jetzt, warum ich hier bin. Das hat der Typ mir nämlich dann schön langsam und deutlich erklärt. Als ob ich irgendwie nen bisschen langsam im Hirn wäre."

„Jetzt erzähl endlich!"

„Also. Ich sag dir jetzt, was der gesagt hat. Also, ich tu mal für einen kleinen Moment so, als ob ich er wäre."

Steama räusperte sich und sprach dann mit verstellter Stimme.

„Guten Tag, Herr Peters. Mein Name und der Name meiner Freunde hier im Raum tun nichts zur Sache. Um genau zu sein, kennen wir uns untereinander kaum. Einige habe ich persönlich sogar erst vor wenigen Minuten das erste Mal gesehen. Das macht aber nichts, da wir alle ein gemeinsames Anliegen haben. Sie, Herr Peters, sind in unsere Häuser und Wohnungen eingebrochen. Sie, Herr Peters haben uns große Angst eingejagt. Einige von uns sind Zeit ihres Lebens nicht mehr darüber hinweg gekommen."

Steama schaute mit verzweifeltem Blick zu Loreen.

„Woher kannte der meinen Namen? Wie kann das sein, dass sich dutzende alter Leute mal eben so versammeln und alle behaupten, dass ich in ihre Häuser eingestiegen bin? Das geht doch nich!"

„Ich weiß nicht", erklärte Loreen mit belegter Stimme.

„Der Typ hat dann auch direkt weitergemacht. Er nannte mir genaues Datum und Uhrzeit, wann ich bei ihm eingestiegen bin. Ich hätte sein Bargeldversteck gefunden und ausgeraubt. Vorher hätte ich auf der Suche nach Geld seine Sammlung antiker Vasen zerstört. Als er das gesagt hatte, hat es bei mir so eine ganz schwache verschwommene Erinnerung ausgelöst. Irgendwas in der Art war tatsächlich mal gewesen. Das Schlimmste aber sei gewesen, dass zu dem Zeitpunkt seine Frau alleine gewesen sei. Die hätte mich wohl gar nich bemerkt, da ihre Ohren schon nich mehr die besten gewesen seien. Deshalb hätte sie mir urplötzlich gegenüber gestanden, wäre vor Schreck einen falschen Schritt nach hinten gegangen und dann gestürzt. Statt ihr zu helfen sei ich aber feige getürmt."

„Krass. Und du meinst, dass das tatsächlich passiert sein könnte?" wollte Loreen wissen.

Steama fasste sich von beiden Seiten an den Kopf.

„Ich bekomme es nich mehr richtig zusammen, aber ich fürchte, dass der Mann die Wahrheit gesagt hat. Scheiße. Ich war damals nur mit meinen eigenen Problemen beschäftigt. Alles andere war mir vollkommen egal. So war ich. Das ist die schlichte und schlimme Wahrheit."

„Und? Was ist mit der Frau passiert? Hat der Mann das auch gesagt?"

„Oberschenkelhalsbruch. Ist in dem Alter wohl nich ganz ohne. Er hat sie erst ein paar Stunden später gefunden. Sie hat sich davon nich mehr erholt. Er hat mir ein Foto von dem Grab gezeigt."

„Ach du Scheiße. Du hast den Tod der Frau auf dem Gewissen?"

„Sieht so aus. Aber es kam noch krasser. Er hat mir nämlich die Inschrift von dem Grabstein gezeigt. Er selber ist auch tot. Schon seit einem Jahr."

„Ach du Scheiße. Das kann doch nicht sein. Du nimmst mich auf den Arm."

„Nee. Wirklich nich. Mir läuft es jetzt noch kalt den Rücken runter. Warte nur ab, was Willma gleich erzählt. Ich wette, die ist von ihrem hohen Ross endgültig runter, wenn die bei denen war."

Beide schauten automatisch zur Küchentüre, die immer noch halb offen stand.

„Wo bleibt die eigentlich?" wollte Loreen wissen. „Die wollte doch nur eben ein paar Aperitifs servieren. An Besucher, die bis eben noch nicht da waren. Meinst du echt, dass die jetzt bei deinen alten Leuten ist?"

„Wo sonst? Ich hab weit und breit sonst niemanden gesehen."

„Ich meine nur. Die hat ja mit deinen ehemaligen Opfern nichts zu tun. Ich kann mir nicht vorstellen, dass die bei alten Leuten in die Häuser eingestiegen ist."

Steama schaute Loreen unsicher an.

„Du meinst, die sind extra nur für mich gekommen?"

„Denke schon. Ja. Willma hat doch andere Probleme. Die hüpft hier als Köchin oder Haushälterin oder als sonst irgendwas herum. Und eben hat die mir etwas aus ihrer Vergangenheit erzählt. Von ihrem Mann. Ziemlich reich geheiratet. Wenn du mich fragst, dann ist das mit dem Kochen hier so etwas wie Vergangenheitsbewältigung für Willma."

„Und du?" wollte Steama wissen. „Warum passiert bei dir noch immer nix?"

„Ich weiß es nicht."

Bevor Steama weiter nachfragen konnte, kam Willma in die Küche zurück.

„Die Vorspeise war ein voller Erfolg. Die Herrschaften haben mich vor den Gästen gelobt. Habt ihr den Fisch fertig?"

Ohne eine Antwort abzuwarten, öffnete sie einen großen Ofen und zog fertig zubereiteten Fisch heraus, der sofort die gesamte Küche mit seinem Duft füllte.

„Hmm. Der riecht gut und der sieht gut aus. Habt ihr gut gemacht."

Steama war der erste, der die Sprache wiederfand. Allerdings erst, als Willma die Küche schon lange verlassen hatte.

„Loreen. Ich glaub, wir sollten mal so langsam schauen, dass wir hier Land gewinnen. Das wird immer unheimlicher."

„Es gibt keine Ausgangstüre. Schon vergessen?"

„Das war heute Morgen so. Aber bei den Sachen, die hier passieren… Vielleicht gibt es inzwischen ja eine Türe. Oder der Ausgang befindet sich im Dach. Was weiß denn ich? Komm, lass uns zusammen danach suchen. Ich habe keine Lust schon wieder irgendwelchen alten Leuten über den Weg zu laufen, an deren Tod ich mehr oder weniger Schuld bin."

„Und du meinst, dass die sich nicht trauen, wenn ich dabei bin oder was? Soll ich mir schnell meine Dominaklamotten anziehen?" fügte sie bemüht lächelnd an. „Vor meiner Peitsche haben die bestimmt Angst."

„Hör auf. Jetzt ist keine Zeit für Scherze. Ich weiß ja nich, ob ich da richtig liege. Aber die Alten waren mein ganz persönliches Problem. Hast du selber eben noch gesagt. Und die ‚Herrschaften' von Willma sind das persönliche Problem von Willma. Deswegen glaube ich, dass ich keinen Rentnern begegne, wenn du bei mir bist und falls wir Willma sehen sollten, werden wir deren Herrschaften mitsamt zugehöriger Gesellschaft auch nich sehen."

„Hm", überlegte Loreen. „Könnte was dran sein. Also gut. Gehen wir zusammen da raus."

„Aus welchem Film hast du denn den Text geklaut?", wollte Steama irritiert wissen.

„Ich habe keine Ahnung. Aber bestimmt einer, in dem das die Guten gesagt haben. Wir sind also die Guten. Ist doch super."

„Fängst du jetzt doch an, dich zu ändern?"

„Nein. Ich bin nur gerade lustig. Das ist alles", grinste Loreen und wurde dann schnell wieder ernst. „Okay. Gehen wir eine Ausgangstüre suchen."

Der Raum, den sie betraten, als sie die Küche verließen, sah noch immer unverändert aus. Die einzige weitere Türe führte sie in einen sehr langen Flur, von dem zu beiden Seiten immer weitere Türen abgingen.

Steama zeigte auf eine nahe gelegene Türe.

„Dahinter ist das Seniorentreffen."

Ohne zu zögern drückte Loreen die Klinke herunter und stieß die Türe auf. Wie sie erwartet und gehofft hatte, befand sich niemand in dem großen Raum. Triumphierend drehte sie sich zu Steama um. Eigentlich wollte sie ihm erklären, dass seine Theorie offenbar richtig war. Er konnte in ihrer Begleitung den Problemen aus seiner Vergangenheit nicht begegnen.

Als sie aber sein Gesicht sah, war ihre Freude wie weggeblasen. Steama stand der Schweiß auf der Stirn und seine Augen blickten starr in den Raum. Langsam, als ob es gegen seinen Willen geschehen würde, setzte er einen Fuß vor den anderen und ging an ihr vorbei in den Raum.

Dass sich in dem Raum Reste einer großen Kaffeerunde befanden, hatte Loreen im ersten Moment nicht weiter schlimm gefunden. Ihr war es nur darauf angekommen, dass der Raum menschenleer war. Jetzt aber, wo sie Steama bei seinem zwanghaften Gang in den Raum zuschauen musste, erkannte sie, dass in dem Raum tatsächlich Leben war. Erst hörte sie wie Stühle verrückt wurden und dann sah sie wie sich einige Stühle verrückten. Nur sah sie keine Menschen. Als dann auch noch jemand von innen gegen die Türe drückte, sprang sie mit einem Satz in den Flur zurück.

„Vorsicht mein Kind!" Willma gelang es nur mit größter Not, das hoch beladene Tablett zu stabilisieren. „Was ist denn in dich gefahren? Du kannst mir doch nicht einfach so vor die Füße springen!"

Loreen brauchte gar nicht erst nachzufragen. Willma hing gerade wieder komplett in ihrer Rolle als Haushälterin fest. Der Rock mit der großen Schürze wirkte ganz selbstverständlich an ihr. Gerade so, als ob sie ihr Leben lang nichts anderes getragen hätte.

„Loreen, liebes Kind. Deine Eltern warten schon auf dich. Du weißt doch, dass ihr Gäste habt, die dich gerne kennen lernen wollen."

Irgendwie kam Loreen das bekannt vor. Natürlich war es nicht so gewesen, dass ihre wirklichen Eltern eine Haushälterin oder ähnliches gehabt hätten, aber der Spruch kam ihr unglaublich bekannt vor. Sie wusste nur nicht, wo sie ihn einordnen musste.

Das Studium

Als Loreen die Türe öffnete, schaute sie in einen sehr vertrauten Raum. Sie sah sich selber neben ihrer Mutter sitzen. Gleich würde es klingeln, ihr Freund würde zur Tür reinkommen und sie würde mit ihm nach Hamburg fahren, um dort zu studieren.

Sie wusste noch genau, wie sie sich gefühlt hatte. Endlich raus aus der kleinen Stadt. Raus in die Freiheit. Niemand mehr, der ihr einengende Wertvorstellungen auferlegen konnte. Sie würde frei sein. Sie würde Studentin sein. Studentinnen führen ein total cooles Leben. An der Uni würde sie viele Gleichgesinnte kennenlernen. Und genau so hatte das Studium auch angefangen. Voller Enthusiasmus hatte sie Vorlesungen und Übungen besucht und abends gefeiert. Mit der Zeit war sie dann etwas ruhiger geworden. Ganz so einfach, wie sie es sich vorgestellt hatte, war es dann doch wieder nicht gewesen. Nicht, dass sie vollkommen versagt hatte. In der Regel hatte sie ihre Prüfungen sogar im ersten Versuch geschafft. Aber mehr dann auch nicht. Es war immer nur so gerade eben genug gewesen.

Privat hatte sich dafür umso Spannenderes entwickelt. Ihr Freund hatte sich ziemlich schnell dünne gemacht. Wenn sie ehrlich zu sich war, dann hatten sie ohnehin nicht wirklich zusammengepasst. Klar hatte sie zuhause nicht so leben können und sich nicht so kleiden können, wie sie eigentlich gewollt hätte. Deshalb war ihr vielleicht nicht so wirklich aufgefallen, dass sie und ihr Freund schon rein äußerlich überhaupt nicht zusammen passten.

In Hamburg jedenfalls hatte ihr Freund seine biedere Kleidung nicht zur Seite gelegt. Er hatte es sogar vollkommen normal gefunden, im Sakko zur Vorlesung zu gehen!

Sie dagegen hatte fast ihr gesamtes erstes Monatsbudget in den Shoppingmeilen der großen Stadt ausgegeben. Als sie voller Vorfreude auf den Blick ihres Freundes das erste Outfit angezogen hatte und sich dann im Türrahmen seines

Zimmers postiert hatte, war ihm die Kinnlade heruntergefallen.

Das Signal war mehr als deutlich gewesen und es war ihm noch nicht einmal ansatzweise gelungen dies durch seine hilflose Stammelei – irgendwas mit Überraschung und man hätte ihn ja mal vorwarnen können und ganz am Ende noch was von ‚ganz nett' - wieder gut zu machen.

Loreen hatte das einen regelrechten Schlag versetzt. Warum sollte sie ihren Körper immer nur in Standardjeans und Standardoberteil packen? Sie hatte einiges mehr zu bieten und sie war bei weitem nicht die Einzige, die das begriffen hatte und auch machen wollte.

Noch vor dem Ende des ersten Semesters hatte sie sich dann mit ihrem Freund darauf geeinigt, dass es besser wäre, wenn sie zu einer Studienkollegin ziehen würde. In deren WG war gerade ein Platz frei geworden.

Damit hatte der Kaufwahn erst so richtig angefangen. Im Nachhinein wunderte sich Loreen, dass sie immerhin die ersten vier Semester trotz allem in der Regelstudienzeit geschafft hatte. Zum Auffüllen der Kasse hatte ihre Freundin eine extrem lukrative Einnahmequelle aufgetan. Sie begleitete reiche Männer, die die Abende nicht alleine verbringen wollten. Im ersten Moment hatte Loreen ihre Freundin für verrückt erklärt. Bei ‚Escortservice' hatte sie nur an sexsüchtige Männer gedacht, die ihr schnell ein paar Champagner einflößen würden, um sie dann ins Hotelzimmer zu zerren und sich mit ihren fetten, alten, stinkenden, behaarten Körpern auf sie zu werfen.

Schließlich, als sie nach ein paar beruhigenden Worten ihrer Freundin ihren künftigen Arbeitgeber kennengelernt hatte, konnte sie sich von ihrem Vorurteil verabschieden und ihren ersten offiziellen Anstellungsvertrag unterschreiben. Natürlich waren nicht alle Kunden angenehme Unterhalter gewesen, aber es hatte immer wieder echte Highlights gegeben. Mit der Zeit war sogar der Level ihrer Bildung in Sachen Kunst und Kultur auf ungeahnte Höhen gestiegen. Und umso besser sie darin geworden war, umso öfter hatte man sie in dem Bereich gebucht. Immer öfter hatte sie die passende Garderobe noch nicht einmal selber bezahlen müssen. Ihren Kunden war es eine ehrliche Freude geworden, ihr die Kleidung zu schenken.

„Tja, so ist das gewesen", murmelte Loreen, als sie die Erinnerung aus ihrem Kopf verdrängte und ihrem jüngeren Ich dabei zusah, wie sie sich verabschiedete und in Richtung Hamburg auf den Weg machte.

Kakao

Sie war so in ihren Erinnerungen versunken, dass sie regelrecht zusammenzuckte, als Steama ihr auf die Schulter tippte.

„Vielen Dank auch, dass du mich mit den alten Leuten alleine gelassen hast! Was meinst du denn eigentlich, warum ich dich gebeten hatte, mit mir zusammen den Ausgang zu suchen?"

Loreens Blick wanderte zwischen dem käsebleichen Steama und der Szene ihres Auszuges aus dem Elternhaus hin und her.

„Sag mal Steama. Bevor wir beide jetzt Stress miteinander bekommen, den wir, glaube ich, beide nicht brauchen können. Wenn du in den Raum hier schaust, was siehst du da? Oder präziser gefragt: Wieviel Personen siehst du da?"

Steama, dem klar anzusehen war, dass ihm Loreens Frage überhaupt nicht wichtig war, tat ihr trotzdem den Gefallen und schaute kurz über sie hinweg in den Raum.

„Ich sehe ein paar Möbel. Sonst nix. Scheint so eine Art miefiges, kleinbürgerliches Wohnzimmer zu sein. Was soll die Frage überhaupt? Du hast doch wohl selber Augen im Kopf. Außerdem habe ich dich zuerst was gefragt. Ich bin echt enttäuscht von dir."

„Wenn ich mir das so recht überlege: Ich glaube, ich habe zumindest ein kleines bisschen von dem verstanden, was hier abgeht."

„Ich auch! Ich werde nämlich andauern von alten Leuten auf den Mist aus der Vergangenheit angelabert. Und ich finde das superscheiße von dir, dass du mich dabei alleine gelassen hast und stattdessen in so ein bescheuertes Wohnzimmer schaust, als ob das die Erleuchtung wäre."

„Das ist das Wohnzimmer bei mir zuhause. Also, wo ich aufgewachsen bin. Und, ob du das glaubst oder nicht: Ich sehe gerade, wie ich vor ein paar Jahre bei meinen Eltern ausgezogen bin. Und, um dir das auch gleich zu sagen: Ich sehe in dem Zimmer meine Mutter sitzen, die sich gerade ein

Tränchen verdrückt, weil ihre Tochter ausgezogen ist. Und bis gerade eben, habe ich mich sogar selber gesehen. Mein Vater war an dem Tag auf Dienstreise. Sonst hätte der bestimmt die Hand meiner Mutter gehalten. Das hat er nämlich immer gemacht, wenn die traurig war."

Irritiert schaute Steama noch mal in den Raum.

„Ich sehe da nix."

„Genauso ist es mir bei deinen alten Leuten auch gegangen. Ich habe nur Tische mit Kaffee und Kuchen, ein paar Rollstühle und ein paar Rollatoren gesehen. Aber keine einzige Person. Außer dir natürlich. Du bist irgendwie ferngesteuert in den Raum gegangen und dann hat jemand die Türe zugedrückt und mich ausgeschlossen. So. Und jetzt bist du dran."

„Wie? Jetzt bin ich dran."

„Naja. Glaubst du mir oder nicht? Ich jedenfalls glaube dir, dass du meine Mutter nicht sehen kannst."

Sie konnte Steama ansehen, dass er für den Moment überfordert war. Er kratzte sich am Kopf und schaute immer wieder zwischen ihr und dem Wohnzimmer hin und her. Er schien keinen klaren Gedanken fassen zu können.

„Du kannst ja mal rein gehen", schlug sie vor, „würde mich auch mal interessieren, was dann passiert. Meine Mutter sitzt übrigens ganz links auf dem Sofa. Setz dich doch mal da hin."

Erschrocken trat Steama einen Schritt zurück.

„Nee. Ganz bestimmt nich. Meine Rentner reichen mir. Also nix gegen deine Mutter. Ist bestimmt eine nette Person und Sorry für das miefige Wohnzimmer. Aber ich gehe da ganz bestimmt nich rein. Ich glaube dir. Du hast vollkommen Recht. Jeder von uns sieht nur das, was er mal irgendwann angerichtet hat."

„Genau das ist auch meine Idee", stimmte ihm Loreen zu und stieß ihm lachend gegen die Brust. „Jetzt müssen wir nur noch rausbekommen, wie wir das alles beenden können. Noch ist ja nichts wirklich Schlimmes passiert."

„Das sagst du so", brummelte Steama. „Bei mir hat sich unter anderem gerade ein Selbstmörder beschwert. Den hab ich mit der Enkelnummer um seine gesamten Ersparnisse erleichtert. Damit ist der nich mehr klar gekommen. Der Horror. Der blanke Horror."

Er blickte ängstlich zu der Türe, hinter der die alten Leute auf ihn gewartet hatten.

„Ich will das nich mehr. Ich hab doch inzwischen begriffen, was ich für ein Arsch gewesen bin. Davon, dass die jetzt alle einzeln zu mir kommen, wird das doch auch nich besser."

Steama sah wirklich verzweifelt aus. Am Morgen hatte er noch voller Energie verkündet, dass er sofort in ein besseres Leben durchstarten würde. Und jetzt? In Loreens Augen versuchte er sich den Rentnern einigermaßen tapfer zu stellen. Er hätte ja auch versuchen können, denen sonst was zu erzählen oder einfach abzuhauen oder sogar wieder Drogen einzuwerfen. Insofern spürte sie trotz allem so etwas wie Respekt für ihn, hatte aber Bedenken, wie lange er das noch durchhalten würde.

„Lass uns erstmal zurück in die Küche gehen. Das scheint bisher der einzige Ort zu sein, an dem wir einigermaßen sicher vor unserer Vergangenheit sind."

„Da seid ihr ja", empfing Willma sie mit freudig geröteten Wangen. „Ich hab euch Kakao gemacht. Den mögt ihr doch so sehr. Setzt euch."

„Hallo Willma", meinte Loreen, die ganz froh war, dass Willma in der Haushaltsrolle geblieben war. „Das ist nett von dir."

„Du hast uns Frühstück gemacht", stellte Steama halb fragend fest. An Loreen gewandt wollte er flüsternd wissen, ob sie nicht eben schon gefrühstückt hätten. Willma stemmte die Hände in die Hüften, als sie Steama fixierte.

„Ach ihr jungen Leute habt aber auch immer irgendwas zu flüstern. Willst du der lieben Willma nicht sagen, was du gerade geflüstert hast? Meinst du nicht, dass die liebe Willma das verdient hat?"

Noch bevor Steama verarbeitet hatte, dass Willma die letzte Frage mit deutlicher Aggression in der Stimme vorgetragen hatte, legte sie erst richtig los.

„Was habe ich alles für euch gemacht? Wer hat sich denn um euch gekümmert, wenn ihr mal in Not gewesen seid? Na? Wer?" Sie kam Steama bedrohlich nahe. „Die Willma! Die liebe gute Willma! Die Willma muss immer einspringen. Willma hier, Willma da! Mach das mal schnell Willma! Und dann machst du das da auch noch schnell Willma! Ist doch kein Problem! Das schiebst du einfach mal eben dazwischen. Und wem kann die gute Willa die ganzen Aufgaben weitergeben? Niemandem! Besser sie macht das alles selber. Und ganz nebenbei kann sie sich auch noch um die Kinder kümmern. Dafür haben die hohen Herrschaften ja keine Zeit. Ein neues Mädchen haben sie der Willma besorgt. Für die niederen Arbeiten. Nur kann Willma dem neuen Mädchen nicht vertrauen. Aber das ist den Herrschaften ja alles egal. Wenn die Willma meint, dass das Mädchen nichts für den Haushalt ist, dann ist das den Herrschaften ja egal. Und warum ist das den Herrschaften egal?"

Auffordernd schaute sie Steama an, der nur ängstlich zurückschauen konnte und zaghaft „weiß nicht?" antwortete.

„Aber die gute Willma, die weiß das. Der junge Herr hat nämlich ein Auge auf das neue Mädchen geworfen. Und seit das Mädchen das gemerkt hat, kokettiert es nur noch herum. Zieht sich andauernd mit Spucke die Augenbrauen glatt. Lässt sogar den oberen Knopf ihrer Uniform offen, wenn die alten Herrschaften nicht im Raum sind. Widerlich!"

Loreen konnte deutlich erkennen, dass Willma noch lange nicht fertig war. Trotzdem beendete Willma innerhalb des Bruchteiles einer Sekunde ihren Wutausbruch und erklärte den beiden in liebevollem Tonfall:

„Die Herrschaften rufen. Lasst euch ruhig Zeit mit dem Frühstücken. In der Küche ist es doch immer noch am Schönsten."

Kaum war sie durch die Türe, als Steama aufsprang und die Türe abschloss.

„In der Küche sind wir sicher, war wohl nix. Die ist ja fast so schlimm wie meine Alten."

„Ich glaube, das bringt nichts", mutmaßte Loreen.

„Wieso? Meinst du, die hat auf einmal auch noch Superman-Kräfte? Oder tritt mit einem gezielten Kick die Tür ein?"

„Nein. Obwohl mich hier kaum noch etwas überraschen würde."

Im gleichen Moment öffnete sich eine andere Türe, die Loreen und Steama vorher noch gar nicht bemerkt hatten. Willma kam kopfschüttelnd in den Raum und schaute die beiden freudestrahlend an.

„Was man nicht im Kopf hat, hat man in den Beinen. Ich habe doch tatsächlich den Zucker vergessen."

Sie schien über sich selber zu lachen, als sie mit der Zuckerdose auf dem gleichen Weg verschwand, auf dem sie gekommen war.

Steama zog die Beine an, umfasste sie mit seinen Armen und legte seine Stirn gegen die Knie.

„Ich weiß nich, ob ich das hier alles noch will", stellte er weinerlich fest. „Die Türe war doch eben noch gar nich da. Oder?"

„Würde ich auch mal sagen."

„Und woher wusstest du das?" wollte Steama wissen, ohne von seinen Knien aufzusehen.

„Was?"

„Das mit dem ‚nutzt nichts', was du eben gesagt hast."

„Ich habe nur gesagt, dass das mit dem Abschließen der Türe nichts nutzen wird", versuchte Loreen mit möglichst leichter Stimme zu erklären. „Dass die so selbstverständlich durch eine neue Türe rein kommt, habe ich natürlich auch nicht gewusst."

Steama umfasste seine Knie noch fester und legte dann zögerlich sein Kinn darauf.

„Ich habe Angst, dass die beim nächsten Mal mit dem Messer auf uns los geht."

„Glaub ich nicht. Das hätte sie doch gerade auch schon machen können. Die war doch mindestens auf hundertachtzig. Man, was war die sauer! Hast du eben in ihre Augen geschaut? Das war ja schon fast der nackte Wahnsinn."

„Ich hab' schon in genug Gesichter von Leuten geschaut, die sauer auf mich sind. Schon vergessen? Sag mir lieber, wie wir hier raus kommen. Ich will das nämlich alles nich mehr."

Loreen zuckte nur mit den Schultern und griff nach dem warmen Kakao.

„Hmm. Der ist wirklich gut. Jede Wette, die hat den mit guter Milch und echtem Kakaopulver gekocht. Wirklich gut. Probier auch mal."

Steama konnte nur verständnislos auf seine Tasse starren. Loreen hatte nicht den Eindruck, dass er sich freiwillig auch nur einen Millimeter bewegen würde. Irgendwie musste sie ihn aus seiner Embryohaltung raus bekommen.

„Du hast mich gar nicht gefragt, wie die Begegnung mit meiner Mutter war."

„Okay", antwortete er ihr ohne jede Energie. „Wie war die Begegnung mit deiner Mutter?"

„Gut. Ich hab gesehen, wie ich nach Hamburg abgereist bin."

„Hast du mir schon gesagt. Und sie ist dann nich irgendwie gestorben, weil du sie verlassen hast oder den Familienschmuck mitgenommen hast?"

Fast hatte Loreen den Eindruck, dass in seiner Stimme ein bisschen Hoffnung durchschwang, dass es auch bei ihr solche dunklen Kapitel gab. Wenigstens zeigte er damit, dass er über etwas anderes als seine eigene ziemlich hoffnungslose Situation nachdenken konnte. Zwar nicht unbedingt im Empathiemodus, aber immer noch besser, als wenn er den Rest des Tages regungslos auf der Bank kauern würde.

„Nein, ich habe zwar in Hamburg nicht alles so gemacht, wie es sich meine Eltern gewünscht hätten, aber den Familienschmuck habe ich denen nicht geklaut."

„Sondern?"

„Ich habe mich dem Kaufrausch hingegeben."

„Ah. Gut. Und dann hattest du kein Geld mehr und hast Leute ausgeraubt. Warte nur ab. Die hocken bestimmt schon alle hinter der nächsten Türe."

Wieder hatte Loreen den Eindruck, dass sich Steama darüber freute, dass es ihr bald genauso ergehen würde, wie ihm.

„Nein. Auf die Idee bin ich nicht gekommen."

„Ja, klar. Hatte schon fast vergessen, was du gestern an hattest. Du bist Prostituierte geworden. Die sollen ja angeblich richtig viel Geld verdienen."

„Trifft es nicht wirklich. Sehr vielen von denen geht es überhaupt nicht gut. Was mich angeht, habe ich erstmal nur in einem Escortservice angefangen. Ganz legal."

„Ah", kommentierte Steama enttäuscht. „Und warum hast du dann eben deine Mutter gesehen? Ich hab es. Als sie das erfahren hat, hat sich vor Gram umgebracht."

„Du bist durch deine Seniorentreffen ein bisschen zu sehr auf Tod fixiert. Kann das sein?" Loreen zwang sich zu einem kurzen Lachen. „Ich muss dich schon wieder enttäuschen. Natürlich fanden meine Eltern das nicht toll. Aber wir haben es glücklicherweise geschafft, uns in Ruhe auszusprechen. Wir hatten immer eine gute Beziehung."

Resigniert ließ Steama sein Kinn wieder auf die Knie sinken.

„Was willst du dann hier? Ich muss mich mit den ganzen alten Leuten auseinander setzen. Ist richtig grottig, aber ich verstehe es. Willma scheint sich mit irgendwas Küchenkraftmäßigem aus ihrer späten Jugend auseinander zu setzen. Aber du? Bist du immer nur in vollkommener Harmonie aufgewachsen? Wenigstens eine Fliege könntest du doch mal umgebracht haben."

Obwohl sie sich nicht sicher war, ob Steama das wirklich als Witz gemeint hatte, musste Loreen lachen. Sie stellte sich vor, wie sich eine Fliege vor sie setzen würde und wie sie eine ernsthafte Diskussion über das Für und Wider der Todesstrafe für lästige Fliegen führen würde. Als sie dann auch noch auf die Idee kam, dass die Beinchen der Fliege in einem ausgebeulten Cordsakko mit Lederflicken auf den Ärmeln stecken würden, kam sie unaufhaltsam in einen Lachanfall, den Steama ratlos verfolgte.

„Naja, so lustig war die Bemerkung nun auch wieder nich gemeint", maulte er unsicher lächelnd.

„Egal. Tja. Worauf warten wir? Sollen wir mal Willma beim Servieren zuschauen? Ist bestimmt lustig, wenn sie nicht vorhandene Personen freundlich anlächelt, während sie die Suppe austeilt."

„Ja. Stimmt. Im Fernsehen hab ich so was auch mal gesehen. Ist aber schon lange her. Wenn ich mich nicht vertu, dann war das sogar ein Schwarz-Weiß Film. Schon lange her. Jedenfalls hat der Typ da auch lauter leeren Stühlen serviert. Am Ende war er sturzbesoffen."

„Kenn ich", grinste Loreen. „Der wird jedes Jahr zu Silvester auf den dritten Programmen wiederholt. Wir haben sogar mal versucht die Getränkefolge mitzutrinken. War schon heftig."

„Ah. Na, da hab ich wohl die letzen Male was anderes im Kopf gehabt", stellte Steama enttäuscht fest, um dann etwas zuversichtlicher anzufügen, dass er dann ja einen Grund hätte, sich auf das nächste Silvester zu freuen.

Eigentlich hatte Loreen jetzt mit Steama überlegen wollen, wie es weitergehen sollte. Sie selber hatte nämlich nicht die geringste Idee. Bevor sie damit anfangen konnte, klopfte es zaghaft an die Küchentüre. Obwohl Steama die Türe kurz vorher noch abgeschlossen hatte, öffnete sie sich langsam unter leichtem Knarren.

„Hallo?" ließ sich eine alte, aber rüstige Stimme vernehmen. Vorsichtig schob sich der Kopf einer alten Frau in die Küche. Forschend prüfte sie, ob jemand da war. Dabei schweifte ihr Blick offensichtlich über Loreen hinweg und blieb dann an Steama hängen.

„Ach hier treiben Sie sich herum, junger Mann. Ich hatte mich schon gewundert, wann Sie zurückkommen würden."

Vorsichtig und stark gebückt betrat sie den Raum und hielt Steama ein Milchkännchen hin.

„Ob Sie wohl so freundlich wären, die aufzufüllen? Der Service hier ist wirklich nicht der Beste."

Loreen konnte nicht umhin, die ruhigen, freundlichen Augen der Frau zu bewundern. Obwohl ihr Körper schon so zerbrechlich wirkte, war sie noch in der Lage, Steama nur mit ihrem Blick in ihren Bann zu ziehen.

„Junger Mann? Habe ich Sie etwa erschreckt? Das wollte ich nicht."

Sie stellte das Kännchen auf den Küchentisch und schaute Steama abwartend an. Wenn sie nicht so klar nur Steama angesprochen hätte, wäre Loreen schon lange aufgesprungen, um ihr Milch nachzufüllen. Aber so schien es ihr richtiger auf Steamas Reaktion zu warten, die dann auch endlich kam.

„Milch. Ja. Mach ich."

„Das ist sehr nett von Ihnen. Ich kann das übrigens verstehen, dass Sie sich ein bisschen in der Küche verkrochen haben. Allein sein ist manchmal ganz wichtig. Mir sind zu meinen Lebzeiten oft die besten Ideen gekommen, wenn ich ganz alleine durch den Wald spaziert bin."

„Die Dame, die Ihnen als letzte die Leviten gelesen hat, ist übrigens die gute alte Emma", erklärte die alte Frau nach einer Pause. „Sie ist jetzt das erste Mal dabei. Sie hat sich richtig darauf vorbereitet. Wenn man es so sieht, dann hat sie es eigentlich ganz gut gemacht. Und irgendwie echt. Wir waren ein paar Jahrzehnte lang gut befreundet. Sie war immer sehr schnell fassungslos, wenn irgendetwas passiert ist, das nicht ihren Wertvorstellungen entsprach."

„Ja."

Die alte Frau schaute Steama schon fast amüsiert an.

„Na, Sie scheint es ja wirklich voll erwischt zu haben. Wenn ich mir das so anschaue, wieviele da noch auf sie warten, dann kann ich Ihnen nur raten, sich noch ein wenig zu stärken und dann geht es mit neuem Mut in die nächste Runde. Jede Schlange hat auch mal ein Ende und drumherum kommen Sie ja ohnehin nicht."

Sie ließ ihren Blick über den Tisch schweifen.

„Ach, wie schön. Sie haben sich Kochkakao gemacht? Darf ich mir etwas nehmen? Sie haben doch sicherlich noch einen Rest?"

Als Loreen sah, wie Steamas hilfloser Blick durch die Küche schweifte, sprang sie auf, um am Herd eine Tasse zu füllen. Leider hatte Willma den Topf an dem alten Herd anbacken lassen. Jedenfalls bekam Loreen ihn nicht gehoben.

Schließlich gab sie achselzuckend auf und forderte Steama auf, es auch mal zu versuchen. Sie hatte es zwar nie gemocht, Männer nach irgendetwas zu fragen, nur weil die immer alle so furchtbar stark waren, aber bei Steama, der nun wirklich nicht wie ein Bodybuilder aussah, fiel es ihr ziemlich leicht.

Der erwachte dann auch tatsächlich aus seiner Starre, bewegte sich zum Herd und hob den Topf hoch, als ob es keine leichtere Aufgabe in der Welt geben würde.

Loreen schaute ihm fassungslos zu, wie er den Kakao in eine Tasse goss und ihn der alten Frau servierte.

„Dankeschön. Das ist sehr freundlich von Ihnen."

Vorsichtig führte sie die Tasse an ihren Mund und nahm einen kleinen Schluck.

„Hm. Der ist köstlich. Haben Sie den selber gemacht?"

„Nein. Ich kann so was nicht. Den hat Willma gemacht."

„Ich hatte schon die ganze Zeit den Eindruck, dass noch jemand in der Küche ist."

Sie ließ wieder ihren Blick durch den Raum schweifen. Als sie eigentlich auf Loreen hätte fokussieren müssen, schaute sie durch sie hindurch.

„Egal. Kann ich ja ohnehin nicht sehen. Wie dumm von mir, es trotzdem zu versuchen."

„Können Sie mich echt nicht sehen?" hakte Loreen nach.

Steama schaute vollkommen konsterniert zwischen der alten Frau und Loreen hin und her.

„Na, was schauen Sie denn so, junger Mann?" wollte die Frau wissen. „Sie wirken ein bisschen überfordert."

Steama musste sich ein paar Mal räuspern, bevor es ihm gelang, eine halbwegs klare Antwort zu geben.

„Nein, also ja. Der Reihe nach. Der Kakao ist von Willma. Die ist im Moment aber nicht hier. Das heißt nicht, dass sie nicht jeden Moment hier hereinplatzen könnte. Aber Loreen ist hier." Er zeigte auf Loreen. „Sie sitzt hier mit uns am Tisch. Der blaue Becher ist ihrer. Sie hat auch gerade etwas zu Ihnen gesagt."

Die alte Frau schaute in die angedeutete Richtung. Loreen hatte mal restlichtverstärkte Filmaufnahmen von Menschen gesehen, die sich in fast vollkommener Dunkelheit zurechtfinden mussten. Deren Augen sahen genauso aus. Da die Leute nichts sahen, konnten sie auch auf nichts fokussieren. Genauso schaute die alte Frau, durch Loreen hindurch.

Mehr als, „Guten Tag", fiel Loreen als Begrüßung nicht ein.

Die Frau wandte sich wieder Steama zu.

„Das ist etwas komisch, wenn man es noch nicht kennt. Aber ich kann ihre Freundin nicht hören und nicht sehen. Das passiert schon mal."

„Aha", gab Steama wenig geistreich zur Antwort.

„Aha", wiederholte die alte Frau amüsiert. „Sie wohnen also zu dritt hier? Oder sind es noch mehr?"

„Nein", antwortete Steama tonlos und hielt drei Finger hoch. „Drei."

„Na immerhin. Die meisten kommen nämlich alleine, müssen Sie wissen. Manchmal kommen auch ganz viele auf einmal. Das habe ich selber aber noch nie erlebt. Genaugenommen bin ich auch noch nicht so häufig eingeladen worden."

„Aha."

„Junger Mann. Sie müssen wirklich lernen Ihre Scheu abzulegen. Dann wird einiges einfacher."

Sie nahm noch einen Schluck von ihrem Kakao und stand dann wieder auf.

„Sie denken gleich an die Milch? Manche von uns mögen den Kaffee einfach nicht ohne Milch."

Als die Türe hinter ihr ins Schloss gefallen war, zog Steama wieder seine Knie hoch und legte den Kopf darauf.

„Ich will das alles nich mehr. Die Türe war doch zu. Wieso kommt die trotzdem einfach rein? Und wieso hat die geknarrt? Die hat die ganze Zeit nich geknarrt. Warum sieht die dich nich? Warum hört die dich nich? Warum kann ich den Kakao eingießen und du nich? Was ist das hier alles? Ich will das nich mehr. Das soll aufhören."

Loreen hatte schon die ganze Zeit darüber nachgedacht, fand aber keine vernünftige Antwort.

„Loreen!?" schrie Steama verzweifelt in ihre Überlegungen hinein. „Sag was. Du hörst mich doch, oder?"

„Ja, ja. Klar. Ich höre dich und ich sehe dich. Ich weiß aber auch nicht, was hier abläuft. Ich weiß nur, dass wir es jetzt wüssten, wenn du nicht so ein Schisser wärst. Du hättest die gute Frau doch mal fragen können. Die war doch ganz gut drauf und hatte scheinbar auch Lust zu reden. Aber du hast nur so komische Sätze mit maximal zwei Worten rausgebracht. Das ist echt eine verpasste Chance gewesen."

„Du bist gut. Dir passiert hier ja auch nix. Außerdem hättest du mir das ja auch mal slufieren können."

„Soufflieren. Es heißt soufflieren."

„Was meist du wohl, was mir das egal ist, wie das heißt. Ändert nix daran, dass ich hier eine echt harte Zeit habe. Ganz im Gegensatz zu dir."

Loreen wollte das eigentlich nicht hören. Am liebsten hätte sie ihm lautstark klar gemacht, dass sie ihren Lebensunterhalt auch nicht durch Beklauen anderer Leute bestritt. Es nutzte nur nichts, deswegen zu streiten. Denn vermutlich würden sie nur zusammen aus diesem Haus heraus kommen. Streit war mit Sicherheit nicht zielführend. Vermutlich würde es damit wohl nur noch länger dauern.

„Jetzt hör mal auf, dich selber zu bedauern. Lass uns lieber überlegen, wie wir das hier beenden können."

„Weißt du, was das ganze Problem ist?" wollte Steama in aggressivem Tonfall von Loreen wissen, während die Adern an seinem Hals hervortraten. „Weißt du, was das ganze beschissene Problem ist? Ich bin hier einfach wie weichgespült. Das ist das Problem. Ich zeig dir jetzt mal, wie ein Mann so was löst!"

Mit einer Schnelligkeit, die Loreen ihm gar nicht zugetraut hätte, holte Steama eine schwere Bratpfanne aus dem Schrank und schleuderte sie wild schreiend mit der gesamten Kraft seines Körpers gegen die Fensterscheibe. Als die Pfanne wie an einer Mauer abprallte, nahm er sie wieder auf und schlug damit - wie mit einer Axt - auf die Scheibe ein. Aber so viel er schlug und so viel er dabei seinen ganzen Frust herausschrie; es passierte nichts. Es war, als ob er gegen eine robuste, dicke Stahlplatte schlagen würde.

Schließlich rutschte er mit dem Rücken zum Küchenschrank langsam auf den Boden, wo er verzweifelt hocken blieb.

„Warum ich? Warum nur ausgerechnet ich? Es gibt doch Leute, die viel schlimmere Sachen gemacht haben. Ich hab nie Drogen vertickt, höchstens mal den Boten gemacht. Ich hab auch nie jemanden umgebracht. Also ich meine jetzt so direkt umgebracht. Warum bin ich hier in diesem Gefängnis eingeschlossen? Ich will wieder raus. Ich will auch keine Brüche mehr machen. Versprochen. Scheiße, Scheiße, Scheiße."

„So wie ich das sehe, kommen wir hier erst wieder raus, wenn du deine Rentnergespräche durch hast und wenn Willma genug Gäste ihrer komischen Herrschaften bedient hat", stellte Loreen fest.

„Ich mach das nich. Ich mach das einfach nich."

„Bist du jetzt im Kleinkindalter angekommen? So nach dem Motto: Ich bleib jetzt so lange auf dem Küchenboden sitzen, bis meine Hausaufgaben von selber fertig geworden sind?"

Statt eine Antwort zu geben, starrte Steama nur still vor sich hin.

„Dann eben nicht", kommentierte Loreen, ohne dass sie in der Lage war, ihre Genervtheit weiter zu unterdrücken. „Ich geh dann mal ein bisschen in unserer Herberge hin und her. Vielleicht ergibt sich ja irgendwo die Gelegenheit auf ein kleines auflockerndes Gespräch."

„Ja, ja, lass mich nur allein. Wirst schon sehen, was…"

Mehr konnte sie nicht mehr hören, da sie die Türe hinter sich geräuschvoll ins Schloss fallen ließ.

Banja

Loreen hatte nicht die geringste Idee, was das Haus diesmal für sie bereit halten würde. Wahrscheinlich würde hinter einer der Türen wieder irgendetwas aus ihrer Vergangenheit warten. Sie fragte sich nur, was das sein könnte.

Dass sie diverse Heiratsanträge von verschiedenen Kunden abgelehnt hatte, wäre vielleicht ein Thema für das Haus. Vielleicht würde sie dann wieder Zuschauerin von solch einer mehr oder weniger lange vergangenen Szene und könnte ihrem Kunden dabei zuschauen, wie er sich bei ihr eine Absage abholen musste. Aber selbst, wenn das einem der Herren das Herz gebrochen haben sollte, konnte das ihrer Meinung nach nicht dazu führen, dass sie diesen Kunden – so wie Steama seine Seniorenrunden - schon hinter der nächsten Ecke treffen würde, um dann von ihm zur Rede gestellt zu werden. Schließlich hatte sie immer allen heiratswütigen und begleitungssüchtigen Herren klar gemacht, dass sie ihre Arbeit zwar sehr gerne machen würde, aber dass es eben Arbeit und nicht Privatleben sei.

Mit diesen Gedanken im Kopf machte sie sich auf den Weg. Vielleicht würde sie in dem ganzen Haus auch nur leere Zimmer finden. Möglicherweise würde sie Willma beim Bedienen von Personen zuschauen können, die sie selber nicht sehen und hören konnte.

Sie öffnete mal diese und mal jene Türe. In der Regel fand sie leere Zimmer vor. Wenn mal etwas in einem der Räume stand, dann waren das ausnahmslos wenig einfallsreiche Möbel. Nichts, was zum Verweilen eingeladen hätte.

Als sie schon fast umdrehen wollte, um die Küche und den hoffentlich wieder einigermaßen vernünftigen Steama zu suchen, fiel ihr Blick auf ein gut sichtbares und gleichzeitig unaufdringliches Hinweisschild. Wenn das nicht einfach nur ein Scherz war, dann gab es hier tatsächlich einen Spa-Bereich. Warum nicht? Gucken kostet schließlich nichts, ging ihr durch den Kopf, während ihre Mundwinkel in freudiger Erwartung hoch gingen.

Nach ein paar Schritten stand sie vor einer mattierten Glastüre, die für sie automatisch aufglitt. Ein paar Meter weiter wurde sie von einer freundlichen jungen Frau begrüßt. Sie trug einen weich fließenden Kimono, war mit Perfektion dezent geschminkt und machte durch ihren extrem gut gestylten Kurzhaarschnitt einen sportlichen Eindruck.

„Schön, dass du den Weg zu mir gefunden hast, Loreen. Ich glaube, du möchtest mit einer Massage beginnen?"

Um etwas Zeit zu gewinnen, in der sie ihre Überraschung über die direkte Anrede verarbeiten wollte, schaute sich Loreen neugierig in dem Raum um. Die gesamte Ausstattung strahlte angenehme Wärme und Geborgenheit aus. Alles wirkte sehr sauber und gleichzeitig nicht die Spur von steril. Die junge Frau folgte Loreens Blicken.

„Ich hoffe, du fühlst dich hier wohl. Du bist mein einziger Gast. Damit steht dir alles frei zur Verfügung. Du darfst so lange bleiben, wie du möchtest. Mein Name ist übrigens Nadine."

„Immer wenn man denkt, das Haus könnte einen nicht mehr überraschen, zaubert es das nächste Kaninchen aus dem Hut. Als ich das Hinweisschild gesehen habe, wusste ich echt nicht, ob hier wirklich ein Spa ist. Wahnsinn."

„Ja", strahlte Nadine über das ganze Gesicht. „Ich bin froh, dass ich deinen Geschmack getroffen habe."

„Massage, sagtest du? Am liebsten mit Olivenöl und ohne rohe Gewaltanwendung. Du weißt schon. Kein ambitioniertes Lockern von Muskeln und Geradestellen irgendwelcher Wirbel. Mir ist mehr nach der Variante, bei der man versehentlich auch mal einschlafen kann. Hast du das im Angebot?"

„Selbstverständlich. Wenn du bitte da vorne in den Raum gehen würdest? Du kannst dann deine Kleidung ablegen und dir einen Bademantel nehmen. Alles ist angenehm angewärmt. Ich bin mir sicher, dass du dich wohl fühlen wirst. Ich komme, sobald du so weit bist."

Nadine begann die Massage an Loreens Beinen. Das waren neben dem Kopf die einzigen Körperteile, die unter der leichten Decke hervorschauten, die Nadine über Loreen ausgebreitet hatte. Der Massageraum war genau nach Loreens Geschmack in angenehmes, warmes Licht getaucht. Von irgendwo kam das leise Plätschern eines kleinen Baches, der sich den Weg durch einen steinigen Hang bahnte. Loreen hatte schon fast den Eindruck in einer lauen Sommernacht auf einer überdachten Terrasse zu liegen. Außer dem Plätschern des Baches war kein Geräusch zu hören.

„Hast du eben gesagt, dass ich heute dein einziger Gast bin?"

„Das bist du. Heute ist das Haus ziemlich leer."

„Und was ist, wenn die beiden mit denen ich gekommen bin, ebenfalls den Wegweiser zum Spa-Bereich finden?"

„Werden sie nicht. Für die beiden sind andere Events gebucht."

„Du scheinst ja echt den Überblick zu haben, was hier so abgeht. Ich dagegen kapiere so gut wie nichts. Das ist doch eine ideale Zusammensetzung. Hast du was dagegen, wenn ich dir ein paar Löcher in den Bauch frage?"

„Nutzt nichts. Was hier abgeht, wie du das ausdrückst, merkt jeder selber. Die einen früher, die anderen später. Jeder in seinem eigenen Tempo. Mein Tipp an dich: Entspann dich und genieß die Massage."

Loreen schloss die Augen und atmete einmal tief durch. Praktisch wäre es schon gewesen, wenn Nadine mit ihr über das Haus geplaudert hätte. Andererseits war es natürlich auch beruhigend zu wissen, dass sie ohnehin irgendwann herausfinden würde, was das alles auf sich hatte.

Ihr Freund hatte sie früher oft massiert. Er hatte sich sogar ein paar Grundkenntnisse angelesen und dann stolz an ihr ausprobiert. Frisch und innig verliebt waren das wunderbare Stunden gewesen. Meistens hatte er irgendwas Ruhiges von Pink Floyd aufgelegt. Manchmal hatten sie während der gesamten Massage kein einziges Wort gewechselt. Jeder hatte es genossen, seinen eigenen Gedanken hinterher zu hängen.

An anderen Tagen wurden sie mit dem Erzählen ihrer Erlebnisse gar nicht fertig. Gerade in der ersten Phase ihrer Arbeit beim Escortservice hatte sie viel zu erzählen gehabt und er – zumal als Schriftsteller – war natürlich immer an neuen Geschichten und Ideen interessiert gewesen.

Mit der Zeit hatte das dann nachgelassen. Wenn sie zurückdachte, dann lag die letzte Massage bestimmt schon einen Monat zurück. Jetzt, wo Nadine sie so perfekt bediente, konnte sie sich gar nicht erklären, warum sie die Massagen nicht vermisst hatte.

Wahrscheinlich lag es einfach daran, dass sich ihrer aller Leben unmerklich geändert hatte. Die Arbeitszeiten hatten sich immer wieder verschoben. Ihr Freund war – worüber sie sich natürlich für ihn freute – inzwischen häufig auf Lesereisen. Und wenn sie dann wirklich mal viel gemeinsame Zeit hatten, dann hockten sie oft mit ihren gemeinsamen Freunden oder den beiden anderen aus der WG zusammen und genossen diese gemeinsamen Stunden aus vollem Herzen.

Sie musste unbedingt darauf achten, dass ihr Freund sie wieder öfter massierte. Es war einfach zu schön. Purer Luxus. Gerade so wie die Behandlung durch Nadine.

„Du machst das echt perfekt, Nadine."

„Dankeschön."

„Gehört die Abteilung hier eigentlich dir alleine?"

„Nein", lachte Nadine, „wo denkst du hin? Ich bin hier nur angestellt. Kost und Logis inbegriffen. Ist echt ein toller Job. Bin sehr froh, dass mir das angeboten worden ist."

„Ja, das glaube ich dir. Alleine die Atmosphäre ist schon einsame Spitze. Normalerweise hat man immer irgendwelche kleinen Störungen. Sei es, dass die Massageplätze nur mit Stellwänden getrennt sind oder, dass man den Straßenlärm oder so was hört. Oder die Masseurin muss zwischendurch immer wieder unterbrechen, weil sie die einzige in der Praxis ist und andauernd zur Türe gehen muss."

„Das kann hier alles nicht passieren. Versprochen."

„Wo wohnst du eigentlich? Ich hab gar nicht mitbekommen, dass hier überhaupt jemand anderes übernachtet hat, als meine beiden Mitreisenden und ich."

„Du bist ganz schön neugierig."

„Upps. Nein, war gar nicht so gedacht. Ich hatte eher überlegt, ob wir heute Abend vielleicht zusammen etwas trinken gehen können. Du kennst dich im Gegensatz zu mir hier mit Sicherheit gut aus. So ein leckeres Bierchen wäre schon was Nettes."

„Ach so. Ja, warum nicht? Ich kann dir allerdings nichts versprechen. Du hast ja selber schon gemerkt, dass man hier nie so lange in die Zukunft planen kann. Lassen wir uns einfach mal überraschen."

Auch wenn Loreen gar nicht gedacht hatte, dass das noch ging. Sie fühlte sich jetzt noch entspannter.

„Was hast du denn hier im Spa noch so für mich geplant?"

„Eigentlich sollst du mir sagen, was du möchtest. Schließlich bist du als eine Person gebucht worden, die ziemlich genau weiß, was sie will und sich nicht immer nur von dem abhängig macht, was andere meinen, was sie wollen soll. Aber egal. Ich tippe mal, dass du nach der Massage erstmal ein bisschen im kuscheligen Bademantel mit einem Cocktail in der Hand in der Sonne sitzen möchtest."

„Volltreffer. Vielleicht mit einem ganz leichten kühlenden Wind um die Nase?"

„Kein Problem."

„Ich glaube", überlegte Loreen, „danach wäre ein Saunagang genau das Richtige. Am Liebsten so eine Banja. Kennst du das? Mit den eingeweichten Birkenzweigen?"

„Als ob ich es gewusst hätte", lachte Nadine, „habe ich die kleine Hütte schon eingeheizt. Und natürlich warten dort gut eingeweichte Birkenzweige auf dich."

„Phantastisch."

Lasso

Es nutzte nichts. Steama konnte sich die Ohren zu halten, so viel er wollte. Jemand klopfte an die Türe, und er hatte nicht den Eindruck, dass dieses Klopfen so bald wieder aufhören würde. Trotzdem hatte er nicht das geringste Interesse daran, zu erfahren, wer da vor der Tür stand. Er wollte in diesem Haus eigentlich überhaupt nichts mehr wissen. Einfach nur weg. Das war alles, was er wollte.

Seit Loreen verschwunden war, saß er mit dem Kopf zwischen den Beinen auf dem Küchenboden. Ihm war alles scheißegal. Besonders Loreen war ihm scheißegal. Die hatte überhaupt nicht begriffen, wie bevorzugt sie behandelt wurde. Der passierte einfach überhaupt nichts Unangenehmes. Eine riesige Sauerei war das.

„Hey Alter."

Wenn Steama nicht die ganze Zeit damit gerechnet hätte, dass die Person, die ihn mit dem ‚an die Tür klopfen' genervt hatte, dann doch ungebeten herein kommen würde, dann hätte er sich jetzt vermutlich erschreckt. Zumal der Besucher neben der pseudoentspannten Begrüßung auch noch die Dreistigkeit hatte, ihn mit dem Fuß anzustupsen.

Steama beschloss, es einfach auszusitzen. Der Typ würde schon merken, dass er hier unerwünscht war.

„Hey Steama. Taubstellen klappt hier nicht. Kannst du mir glauben. Hab' ich übrigens auch am Anfang versucht. Nutzlos. Absolut nutzlos."

Irgendwie kam ihm die Stimme sehr bekannt vor. Nur konnte das nicht sein. Denn der, an den ihn die Stimme erinnerte, hatte vor einiger Zeit ins Gras gebissen. Es musste also jemand sein, der einfach nur so ähnlich klingt.

Steama hörte, wie sich der Typ wieder entfernte. Wunderbar. So schnell hatte er gar nicht damit gerechnet, wieder alleine zu sein. Dann allerdings merkte er, dass sich der Typ doch nicht trollte. Stattdessen zog der sich einen Stuhl zurecht und setze sich breitbeinig darauf. Soviel konnte Steama so gerade eben aus den Augenwinkeln erkennen. Wieso konnte man ihn hier nicht einfach alleine lassen? Wieso musste immer irgendwer kommen und ihn nerven?

„Kennst du mich nicht mehr, Steama? Ich bin's. Lasso. Dein guter alter Kumpel."

Damit hatte Steama ein echtes Problem. Denn Lasso war genau der, an den ihn die Stimme sofort erinnert hatte. Er beschloss, entgegen seinem Vorsatz, jetzt doch den Kopf zu heben.

„Scheiße, das kann nich sein. Du bist doch schon lange tot."

„Naja", antwortete Lasso jovial, „immerhin sitze ich hier und unterhalte mich mit dir. Zumindest wenn du jetzt nicht wieder mit deiner blöden Schweigerei anfängst."

Lasso sah noch immer genau so aus, wie Steama ihn in Erinnerung hatte. Der lange, total verschlissene, schwarze Ledermantel, der den klapperdürren Körper verbarg. Das aschfahle, eingefallene Gesicht, die letzten verbliebenen faulen Zähne, die schief und schäl im Mund standen und dieser dünne Schnäuzer, der die entzündeten und teilweise verkrusteten Lippen verdecken sollte.

„Scheiße, das kann nich sein", wiederholte Steama, „du bist doch schon lange tot."

Lasso hob seinen langen dürren Zeigefinger. Wie immer war der Fingernagel vollständig verdreckt.

„Vorsicht Steama. Pass bloß auf, dass du in keine Endlosschleife kommst. Tu dir den Gefallen und wiederhole den Satz nicht noch mal. Sag lieber schnell was anderes. Irgendwas. Ist völlig egal."

„Ich will mit dir nix mehr zu tun haben. Hau ab!"

Das röchelnde Lachen, mit dem Lasso darauf antwortete, war Steama noch viel zu gut in Erinnerung.

„Wenn du so gelacht hast, dann hast du mich immer zu irgendeinem Bruch geschickt oder ich musste den Kurier für dich machen."

„Richtig. Und du hast es immer brav gemacht. Schließlich hatte ich ja immer ein kleines Tütchen mit deiner Belohnung für dich."

„Ich bin jetzt clean. Ich brauch das Zeug nich mehr. Du brauchst also gar nich zu glauben, dass du noch irgendwas an Macht über mich hast."

„Hey, Alter. Bleib cool. Ich will gar keine Macht über dich haben. Die Zeiten sind vorbei. Entspann dich."

„Was soll ich mich denn hier entspannen? Hast du überhaupt eine Ahnung, was hier abgeht? Ich muss mich hier andauernd mit alten Leuten unterhalten, die ich mit meinen Brüchen ins Unglück gestürzt habe. Ich hab das so was von satt! Das kannst du dir gar nich vorstellen. Und weißt du was? Eben war eine von denen sogar hier in der Küche. Obwohl die Türe abgeschlossen war. Und weißt du warum die hier war? Die wollte mir sagen, dass ich beim nächsten Kaffeekränzchen auf jeden Fall Milch mitbringen soll. Und Kakao hat sie getrunken. Und dann ist sie wieder ganz normal durch die Türe abmarschiert. Hat die Türe auf und zu gemacht, obwohl die abgeschlossen war. Die versuchen mir hier irgendso eine Horrornummer zu machen. Aber nich mit mir. Ich bin clean. Wegen diesen Alten werde ich keine Droge nehmen. Keine einzige. Auch du bringst mich nich dazu. Du bist mir vollkommen egal."

Lasso legte sich in seinem Stuhl zurück und fing an, sehr langsam zu klatschen.

„Hey Steama. So viele Worte hintereinander. Dass du das kannst. Applaus."

„Hör mit dem Scheiß auf. Am besten, du haust hier einfach wieder ab und lässt mich alleine. Ich werde das hier schon geregelt bekommen."

„Tja", entgegnete Lasso mit echtem Bedauern in der Stimme. „Das geht leider nicht. Hey, glaub mir. Ich würde nichts lieber machen als das. Aber es geht nicht."

„Wo ist das Problem?" wollte Steama aufgebracht wissen.

„Du musst nur deinen dämlichen Hintern erheben und dahin verschwinden, wo du hergekommen bist. So schwer kann das ja nich sein. Zumindest nich, was dein Körpergewicht angeht."

Lasso schaute amüsiert an seinem hageren Körper herunter.

„Tja. Da war..., sorry, ich korrigiere, da ist wirklich nicht viel dran. In dem Punkt gebe ich dir recht."

„Also. Hau endlich ab."

Lasso hustete rasselnd. Steama erinnerte sich, wie der Husten mit der Zeit immer schlimmer geworden war. Am Ende hatte Lasso dabei regelmäßig Blut nach oben befördert und achtlos irgendwohin gespuckt.

„Keine Angst", grinste Lasso, als ob er Steamas Gedanken gelesen hätte, „ich habe inzwischen Manieren. Das mit dem Spucken mache ich nicht mehr."

Steama schaute Lasso einfach nur an. Vielleicht würde Lasso ja endlich verschwinden, wenn es nichts mehr gab, worauf er antworten konnte.

„Tja, Steama. Also, es muss ja ohnehin irgendwann gemacht werden. Soviel habe ich inzwischen kapiert. Die Aufgaben, die man hier bekommt, müssen erledigt werden."

„Sonst?" unterbrach ihn Steama. Das war endlich mal was Interessantes. Er dachte an die ganzen Rentner, die sicherlich wieder irgendwo bei ihrem Kaffeekränzchen saßen.

„Tja Steama. Nichts sonst. Du denkst dir nicht böses, gehst um ne Ecke und Patsch: Da ist sie schon wieder. Deine Aufgabe. So einfach ist das hier."

„Moment. Was soll das denn heißen? Wenn ich nich mit dir reden will, dann kommst du so lange immer wieder, bis ich mit dir geredet habe? Und worüber soll ich mit so einem Arsch wie dir überhaupt reden? Du bist schließlich der gewesen, der mir meinen ersten Stoff besorgt hat. Da hattest du allerdings noch ein paar Pfund mehr auf den Rippen. Hast wohl ein bisschen zu häufig die neuen Lieferungen angetestet. Idiot."

„Tja Steama, da kommen wir der Sache schon ein bisschen näher. Das ist nämlich eigentlich das, worüber ich mit dir reden wollte."

„Hat dir einer ins Gehirn geschissen?! Bist du jetzt echt der Meinung, ich würde dein Geschäft übernehmen? Schon vergessen? Ich bin clean! Clean!"

Steama versuchte in Lassos hagerem Gesicht zu ergründen, ob er ihn verstanden hatte.

„Tja Steama. Das habe ich so weit verstanden. Und ich kann dir versichern, dass mir nichts ferner liegt, als dich an meiner alten Position zu sehen. Schau mich an, was das aus mir gemacht hat. Ein Haufen kraftloser Knochen, die von ein paar schlappen Muskeln und ausgeleierten Sehnen notdürftig an ihrem Platz gehalten werden. Glaub mir, ich bin froh, dich nicht so vor mir zu sehen. Das ist nämlich auf Dauer ein ziemlich beschissenes Gefühl."

Steama hatte ihm nur halb zugehört. Er wusste gar nicht, wie er das früher immer ausgehalten hatte, aber jetzt hatte er keine Lust mehr dazu.

„Pass mal genau auf Lasso. Vielleicht stimmt es ja, dass wir hier so lange zusammen sitzen müssen, bis du deine Aufgabe erledigt hast. Ich hab keine Ahnung. Aber wenn du auch nur noch einen einzigen Satz mit ‚Tja Steama' anfängst, dann bin ich hier weg. Dann arbeite ich lieber noch ein paar von den alten Leuten ab, die hier irgendwo auf mich lauern. Ist das verstanden?"

„Hm", meinte Lasso nach einer Weile. „ist mir gar nicht aufgefallen. Fange ich wirklich immer damit an?"

„Schon als du mir den ersten richtigen Auftrag gegeben hast. Das Erste, was ich an dem Tag von dir gehört habe, war genau das."

„Da kannst du dich noch dran erinnern?"

„Und wie ich mich daran erinnern kann. Ich hatte den kompletten Frust. Meine Freundin hatte mich erst versetzt und dann einfach meinem Handy mitgeteilt, dass wir geschiedene Leute sind. Um ehrlich zu sein, kann ich das inzwischen gut verstehen. Die hatte einfach nur kapiert, dass sie mich niemals hätte retten können. Also hat sie für sich die Notbremse gezogen und mich aus ihrem Leben geschmissen."

„Tja", lachte Lasso, „so war das damals. War gar nicht so leicht, ihr klar zu machen, dass sie die Finger von dir lassen soll. Du willst bestimmt gerne wissen, wie ich das gemacht habe."

Steama fühlte, wie sich der Schock, den Lasso mit diesem lockeren Statement bei ihm ausgelöst hatte, in seinem Körper ausbreitete.

„Was hast du da gerade gesagt?" wollte er leise wissen.

„Wie ich das gemacht habe?"

„Nein davor, du Arschloch."

„Sorry, aber du hast das schon richtig verstanden. Ich habe dafür gesorgt, dass sie dich verlassen hat. Du hast viel Potenzial gehabt. Ich wollte dich für meine Zwecke einspannen. Da hätte die nur Terror gemacht. Ein Sicherheitsrisiko, wenn du verstehst, was ich meine."

„Du verdammtes Arschloch. Wir wollten am nächsten Tag für ein paar Wochen aus dem ganzen Mist raus."

„Eben. Genau das war der Punkt. Ich hatte keine Ahnung, ob ich dich danach wieder auf die Reihe bekommen hätte. Die war kurz davor einen vernünftigen Menschen aus dir zu machen, der seinen Platz in der Gesellschaft finden würde. Du hattest sogar schon so einen Scheiß von Lehre und so gefaselt. Nicht auszuhalten. Ich musste handeln. Du warst an dem Tag so wunderbar frustriert. Der Frust hat deine letzten Bedenken vertrieben. Das Gratispäckchen, das ich dir dann gegeben habe, hat sich mehrfach ausgezahlt."

„Du blödes, dreckiges Arschloch. Verpiss dich und lass dich nie wieder blicken. Jetzt habe ich es endgültig kapiert. Du bist nur hier, um mich wieder abhängig zu machen! So wie damals!"

Steama war inzwischen wütend aufgestanden. Er wusste genau, dass er Lasso jetzt am liebsten verprügeln würde. Irgendetwas hielt ihn allerdings davon ab.

„Tja, Steama. Ich kann deine Aggression verstehen. Lass sie nur raus. Das tut dir bestimmt gut."

Dass Lasso jetzt auch noch meinte, so ein Psychogeschwafel von sich lassen zu müssen, gab Steama den Rest.

Er schlug die Türe krachend hinter sich zu. Lieber stellte er sich dem nächsten Schwall Rentner, als auch nur noch ein einziges weiteres Wort von Lasso hören zu müssen.

Zerplatzte Träume

„Wo willst du denn so schnell hin?"

Steama hatte kaum zwei Schritte gemacht, als Willma vor ihm stand.

Dass sie das einen Dreck anging, wäre eigentlich die passende Antwort gewesen. Und Steama wusste, dass er ihr diese Antwort auch geben wollte. Aber irgendwie bekam er keinen Ton heraus. Es gelang ihm noch nicht einmal, sie unwirsch zur Seite zu schieben. Stattdessen blieb er einfach stehen und schaute auf die Tränen in ihrem Gesicht.

Willma hatte noch immer ihre Uniform an. Nur trug sie die jetzt nicht mehr so selbstverständlich wie vorhin, als sie das Kommando in der Küche übernommen hatte.

„Ich muss dich warnen, Willma. In der Küche sitzt ein Typ, den ich früher mal kannte. Wir waren alle sicher, dass der tot ist. Aber jetzt taucht der hier auf einmal auf. Mit dem ist nich gut Kirschen essen. Das kann ich dir sagen."

Willma blickte zweifelnd Richtung Küche.

„Wie unangenehm. Ich hatte gehofft, dass ich da mal endlich ein bisschen zu mir kommen kann."

„Tja."

Fast hätte sich Steama auf die Zunge gebissen. Jetzt fing er auch schon an, seine Sätze mit diesem unseligen Wort zu beginnen.

„Also, ich kann da leider auch nix dran machen, Willma. Kannst du nich in einen anderen Raum gehen?"

In der aufkommenden Hoffnung, dass dann vielleicht keine Rentner in dem Raum sein würden, bot Steama sogar an, Willma zu begleiten.

„Nein lass mal", winkte Willma ab, während sie weiter in Richtung Küche schaute. „Sag mal. Ich sehe da gar keinen. Scheint leer zu sein."

„Ähm, Willma. Wie willst du das denn…" Steama brachte den Satz nicht zu Ende. Er hatte sich inzwischen auch umgedreht und verstand nicht, weshalb die Küchentüre offen stand. Und nicht nur das. Er konnte vom Flur aus die gesamte Küche überblicken. Alles sah so aus, wie er es den halben Tag lang immer wieder gesehen hatte. Der Stuhl, auf dem Lasso gesessen hatte, war ordentlich an den Tisch gerückt.

„Na komm, Steama. Ich kann deine Gesellschaft jetzt ganz gut gebrauchen. Lass uns Frieden schließen. Obwohl du drogenabhängig bist, scheinst du ganz nett zu sein. Wenn du willst, mach ich dir auch was zu essen. Hast du irgendwas, wo du Hunger drauf hast?"

„Is nett von dir. Aber Hunger ist im Moment mein kleinstes Problem. Musst du denn gar nix für deine... Was hast du immer gesagt? Herrschaften? Also für deine Herrschaften machen? Irgendeinen Nachtisch oder so?"

„Ach, das ist es ja genau", brachte Willma unter den plötzlich wieder hervorquellenden Tränen hervor. „Die haben mich gerade rausgeschmissen. Ich hätte dem jungen Herren schöne Augen gemacht, haben sie gesagt. Das gehöre sich für eine Person meines Standes nicht, haben sie gesagt. Ich solle meine sieben Sachen packen und morgen das Haus verlassen. Und ich solle es als Güte der Herrschaften auslegen, dass man mich nicht in die aufkommende Nacht hinausschicke."

Willma sackte untröstlich auf einem Stuhl in sich zusammen.

„Willma?" versuchte es Steama. „Du kannst dich doch noch daran erinnern, wie ich gestern bei dir ins Taxi gestiegen bin."

Laut schluchzend nickte Willma mit dem Kopf.

„Dann kannst du dich doch auch noch daran erinnern, wie hochnäsig du gestern gewesen bist?"

Willma nickte einfach weiter und schnäuzte dabei ausgiebig in ein riesiges Taschentuch.

„Von welchen Herrschaften redest du denn dann die ganze Zeit? Ich kapier das nich."

„Ich auch nicht", schluchzte Willma. „Aber es ist nun mal so. Und jetzt bin ich die ja auch los. Was soll denn bloß aus mir werden? Wo soll ich denn hin gehen? Mich nimmt doch kein ordentlicher Haushalt auf. Ohne Zeugnisse. Dabei hatte ich so eine schöne Zukunft vor mir."

Trotz ihrer vom Weinen verquollenen Augen erkannte Steama, mit welcher Liebe sie sich in der Küche umschaute.

„Wer in diesem Haushalt ausgebildet würde, der bräuchte nie wieder um seine Zukunft zu bangen, hatte es geheißen. Und jetzt", wieder überkam sie das Schluchzen, „werde ich mit Schimpf und Schande aus diesem Haus hinausgeworfen. Niemand wird mich jemals nehmen. Ich muss weit weg ziehen. Wo niemand meine Herrschaften kennt. Dann habe ich vielleicht eine Chance."

„Stimmt das denn eigentlich, dass du dem jungen Herren, wie du ihn nennst, schöne Augen gemacht hast?"

Willma schlug die Hände vor ihr Herz und schaute verklärt zur Decke.

„Ach, er ist so ein schöner Mann. Und er behandelt mich auch gar nicht wie eine Küchenmagd. Wie soll ich denn da anders, als ihm schöne Augen zu machen?"

Sie sah Steamas skeptischen Blick.

„Da brauchst du gar nicht so zu gucken. Ich habe hier lange genug gedient und oft genug gehört, wie die Herrschaften reden. Wenn ich nicht solch eine Dienstmaguniform tragen müsste, sondern elegante Kleider", sie strich sich lächelnd über den Rock, „wie die Damen, die die Herrschaften empfangen, dann würde ich gar nicht auffallen. Die sind nämlich auch nicht klüger als ich. Ich habe das ganz genau beobachtet. Sobald es kompliziert wird, achten die nur noch darauf, dass sie gerade sitzen und überlassen das ganze Reden den Männern."

„Fällt mir gerade so ein. Was hat dein Schwarm eigentlich an? Ich meine: Passt dem seine Kleidung zu deiner Uniform? Also von vor hundert Jahren oder so?"

„Wie aus dem Ei gepellt. Gestärkter Knöpfkragen, Krawatte, Anzug aus gutem Tweed. Ein Traum. Du solltest ihn mal sehen, wenn er mit seinen Freunden in die Stadt geht. Mit Spazierstock und Hut. Stattliche junge Männer."

„Sorry, Willma. Aber ich verstehe echt überhaupt nix mehr. Ist eigentlich aber auch egal. Ist ja schon die ganze Zeit so, dass ich hier nix verstehe. Da macht deine quere Story den Kohl auch nich mehr fett. Du wirst also noch eine Nacht hier schlafen und dann machst du dich auf Wanderschaft? Ich nehme mal an, du gehst zu Fuß? Du wirst wohl kaum Geld haben, um dir ein Auto zu mieten oder so."

Willma schaute Steama amüsiert an.

„Auto mieten? Du hast eine komische Ausdrucksweise. Wenn du wissen willst, ob ich mit der Kutsche reisen kann, dann ist die Antwort natürlich ‚Nein'. Ich muss mein Geld zusammenhalten. Wer weiß schon, wann ich wieder in Brot und Arbeit komme. Am Ende werde ich noch in einem der Häuser landen. Du weißt schon."

Steama wusste nicht, was sie meinte. Das war das Einzige, was er wirklich wusste.

„Na, nun stell dich mal nicht so dumm", versuchte ihm Willma auf die Sprünge zu helfen. „Du verstehst mich schon sehr genau. Hast du dir noch nie überlegt, wie es sein kann, dass die Frau unberührt in die Ehe gehen soll und der Mann wissen soll, wie das in der Ehe funktioniert?"

„Häh?"

„Na. Die Antwort ist doch ganz klar. Es gibt da so Häuser. Aber ich werde das nicht machen. Ich werde ganz gewiss eine Stelle in einem ehrenwerten Haushalt finden."

Bei den letzten Worten brachen sich wieder die Tränen ihren Weg nach draußen. Verzweifelt hielt sie die Schürze vor ihr Gesicht und wischte es damit trocken. Steama nahm nur ganz nebenbei wahr, dass die Schürze am Morgen noch angenäht war, konnte den Gedanken aber nicht richtig festhalten. Er wusste einfach nicht, was er jetzt machen musste. Wie man auf jemanden reagiert, der so in Not geraten war wie Willma, hatte er nie gelernt. Das war wohl auch eines seiner Probleme bei den Rentnern. Bevor er darüber weiter nachdenken konnte, hörte er hinter seinem Rücken eine Stimme, die er überhaupt nicht brauchen konnte.

„Tja Steama. Hier ereignen sich ja echte Dramen. Also, wenn ich dir das mal so aus eigener Erfahrung sagen darf…"

Ob Lasso aufhörte zu reden, weil Willma aufstand und in seine Richtung ging oder ob er aufhörte, weil Steamas hilfloser Blick ihn dazu brachte, konnte Steama nicht beantworten. Er sah nur, wie Willma entschlossen auf Lasso zu ging.

„Willma", versuchte Steama sie zu warnen, „was immer du jetzt auch vor hast. Tu es nich. Bleib besser hier in der Küche. Da bist du einigermaßen sicher."

Willma drehte sich verständnislos um.

„Warum sollte ich nicht in meine Kammer gehen? Du weißt doch, dass ich morgen einen harten langen Tag vor mir habe. Es wird schwer genug. Ich sollte wenigstens ausgeschlafen sein. Lebe wohl. Mach was aus deinem Leben."

Steama schaute ihr mit offenem Mund hinterher, als sie den Raum verließ. Lasso wich ihr im letzten Moment mit einer eleganten Bewegung aus und brachte dabei, ungeachtet des traurigen Schauspiels in seinem Mund, ein höfliches Lächeln zustande.

Sprachlos zeigte Steama abwechselnd auf die hinwegrauschende Willma und Lasso.

„Tja Steama. Die hat ja mal echt ein Problem, die Ärmste. Hab ich das richtig mitbekommen, dass die gerade rausgeschmissen worden ist?"

„Äh", krächzte Steama und machte dann nach ausgiebigem Räuspern einen neuen Anlauf Lasso zu antworten. „Was hast du mit Willma zu tun? Also ehrlich. Ich dachte, die würde jetzt auf dich los gehen."

„Tja Steama. Du hast hier noch so gar nichts kapiert. Kann ich nicht anders sagen", erklärte Lasso, während er rasselnd lachte. Danach war er eine Zeit damit beschäftigt, seine Atemwege wieder in Funktion zu setzen.

„Die hat mich jedenfalls nicht gesehen. Und da dachte ich mir, dass ich ihr mal Platz mache."

„Wie? Was wäre denn passiert, wenn du ihr keinen Platz gemacht hättest?"

„Oh, ne ganze Menge. Ich geb dir einfach mal den freundschaftlichen Tipp, es nicht zu probieren, falls du mal in die Situation kommen solltest. Echt, glaub mir. Ist ein wichtiger Tipp. Aber deshalb bin ich ja nicht da."

Lasso zeigte mit seinem knochigen Finger auf einen Stuhl.

„Ich darf doch? Das lange Stehen ist nichts mehr für mich. Verdammt anstrengend."

„Ich kann es dir ohnehin nich verbieten."

„Gratuliere Steama. Hast ja doch was verstanden", kommentierte Lasso während er sich auf dem Stuhl niederließ. „Kein Grund vor lauter Freude auszuflippen. Das Problem ist nämlich, dass du damit gerade mal das Fitzelchen von einem Fitzelchen von dem verstanden hast, was hier passiert. Und mein Problem ist, dass ich echt nicht der Erklärer bin. Also nicht in so was. Deshalb hab ich meine eigenen Methoden entwickelt."

Steama sah ungläubig, wie Lasso sein Drogenbesteck auspackte und routiniert alles vorbereitete, um sich einen Schuss zu setzen.

„Ey, spinnst du? Verpiss dich mit dem Scheiß. Hau ab nach Sonstirgendwo. Aber lass mich mit dem Zeug in Ruhe."

Steama griff nach einem Eimer um Lassos Zeug einfach hinein zu schmeißen. Er schaffte es aber nicht schnell genug. Obwohl er sich alle Mühe gab, bewegte er sich wie in Zeitlupe und musste dabei zuschauen, wie sich Lasso die Spritze setzte. Als Lasso den Kolben durchdrückte, entstand unter Lassos Arm eine kleine Pfütze auf dem Tisch.

Lasso zog die Spritze wieder aus seiner Armbeuge, packte sein Besteck säuberlich und mit geordneten Bewegungen ein, steckte es in seinen Mantel und schaute Steama grinsend an.

„Deine Augen", brachte Steama nach einiger Zeit vor. „Was ist mit deinen Augen? Die sind vollkommen klar."

„Richtig. Und sonst? Was fällt dir sonst noch auf?"

„Du hast dir irgendwas Harmloses gespritzt. Kochsalzlösung oder so was. Keine Ahnung. Bist du echt der Meinung, dass ich auf so einen primitiven Bauerntrick reinfalle? Und als nächstes kommt dann so ein Spruch von dir, dass ich es doch selber auch mal probieren soll. Und zack, hast du es wieder geschafft. Ich hänge wieder an der Nadel und du blödes Arschloch hast mich wieder in der Hand. Ne, Lasso. Verpiss dich einfach. Ich fall kein zweites Mal auf dich rein."

„Tja, Steama. Eine natürliche Reaktion von dir. Kann ich dir nicht verübeln. Was ich dir aber eigentlich zeigen wollte: Du kannst dir hier nichts mehr spritzen. Da kannst du dich noch so sehr bemühen. Was meinst du wie oft ich es versucht habe. Hat kein einziges Mal geklappt."

Steama verschränkte die Arme. Er hatte keine Idee, was Lasso dazu brachte, ihn für so dermaßen blöd zu halten.

„Erzähl noch ein bisschen von deinem Mist, wenn es dir gut tut, Lasso. Aber dann lass mich endlich in Frieden. Ich hab hier genug eigene Probleme. Dich kann ich wirklich nich gebrauchen."

„Tja Steama. Wie gesagt. Ich hab es einfach mal versucht. Auf meine Art. Okay, es hat nicht geklappt. Also mach ich es so, wie es mir empfohlen worden ist."

Ächzend stand Lasso von dem Stuhl auf.

„Wenn Sie mir bitte folgen wollen Herr… Wie heißt du eigentlich richtig Steama? Fällt mir jetzt erst auf. Ich glaub ich hab nie danach gefragt."

„Peters", antwortete Steama automatisch. „Ich heiße Peters."

„Also gut, Herr Peters. Dann folge mir doch mal. Keine Angst, ich tu dir nichts."

Wie um das zu untermauern, hob Lasso seine Hände mit angewinkelten Ellenbogen nach oben.

„Ich soll dir nur deine nächste Türe zeigen. Sonst bleibst du noch eine halbe Ewigkeit hier sitzen und ich werde nie mit dir fertig."

Ohne sich weiter um Steama zu kümmern, drehte er sich um und ging in den Flur hinaus. Statt dann aber aus Steamas Sichtfeld zu verschwinden, blieb er stehen und forderte ihn auf, ihm doch endlich mal ein bisschen Vertrauen entgegen zu bringen.

„Warum sollte ich? Du verarschst mich, seitdem du in mein Leben getreten bist. Und dann soll ich dir gerade hier auf einmal vertrauen? Ich sag es noch mal. Verpiss dich einfach und lass dich nie wieder sehen."

„Tja, Steama. Verstehen kann ich dich ja. Aber du kommst nicht drum herum. Das ist nun einmal die nächste Station. Ich hätte mir ein paar Bonuspunkte verdienen können, wenn es mir gelungen wäre, dich dorthin zu führen. Naja, hat nicht sollen sein. Ähm, da ist dann noch was, das ich dir nicht ersparen kann: Ich geh jetzt zwar, aber ich kann dir nicht ersparen, dass wir uns schon bald wiedersehen werden."

Bevor er dann wirklich ging, machte er noch eine Türe auf, die Steama so gerade eben sehen konnte.

„Das wäre für den Moment deine nächste Türe. Bis demnächst dann, Steama."

Ohne den Eindruck zu vermitteln, wirklich daran zu glauben, schickte Lasso noch die Bemerkung hinterher, dass er den Eindruck habe, er und Steama wären sich immerhin ein kleines Stückchen näher gekommen.

Elisa

Eines wusste Steama sehr genau. Er würde garantiert nicht in den Raum gehen, dessen Türe Lasso gerade geöffnet hatte. Lasso war so etwas wie ‚der falsche Weg in Menschengestalt'. Alles was Lasso ihm jemals raten oder empfehlen würde, würde er garantiert nicht befolgen. Der Typ war bei ihm bis in alle Ewigkeit unten durch.

„Steama? Bist du hier irgendwo?"

Nein. Das konnte nicht sein. War das wirklich Elisas Stimme? Bevor er daran zweifeln konnte, kam Elisa schon durch den Flur und schaute sich suchend nach ihm um.

„Steama? Bist du hier irgendwo?"

Sie war es. Seine Freundin stand vor ihm.

„Elisa? Bist du es wirklich?" wollte er freudestrahlend wissen. Elisa schaute sich vorsichtig in der Küche um, ohne ihn zu sehen.

„Steama? Was soll das? Komm jetzt endlich da raus. Wir wollen doch los. In die Bretagne."

Steama öffnete seine Arme und ging auf seine Freundin zu.

„Ich bin hier. Und ja. Ich will mit dir in die Bretagne fahren. Lass uns sofort verschwinden."

Elisa warf enttäuscht einen letzten Blick in die Küche und verschwand dann wieder in den Flur. Mit großen Schritten sprang Steama ihr hinterher. Er würde Elisa nicht einfach gehen lassen, nur weil sie ihn scheinbar nicht sehen und hören konnte. Er bekam gerade noch mit, dass sie durch die Haustüre nach draußen ging. Und er hörte, wie der Zweitakter eines kleinen Motorrades ausgeschaltet wurde.

Als er durch die Türe auf eine kleine Veranda rannte, traute er seinen Augen nicht.

Elisa lief freudestrahlend auf das Motorrad zu und umarmte den Fahrer, der kaum Zeit hatte den Helm abzunehmen.

„Steama! Ich dachte schon, du kommst nicht mehr. Hast du meinen Helm dabei? Ab in die Bretagne."

„Wieso sollte ich nicht kommen? Ich hab nur eben noch vollgetankt und freu mich wie bescheuert auf unseren Trip", erklärte Steama, während er versuchte, sein Haar, das vom Helm platt gedrückt war, wieder in Form zu bringen.

„Ich warte bestimmt schon volle fünf Minuten auf dich", erklärte sie ihm lachend.

„Oh, das ist natürlich echt hart. Ich weiß gar nicht, wie ich das jemals wieder gut machen kann. Oder doch. Ich koch heute Abend für dich. Der Kocher hat zwar nur eine Flamme, aber es wird schon irgendwie funktionieren."

Steama lächelte seine Freundin an, gab ihr einen Kuss und packte ihren kleinen Rucksack in eine der Satteltaschen.

„Das ist alles?"

„Wir haben Sommer. Wir fahren ans Meer. Da dachte ich mir, dass ich die Wintersachen mal zuhause lasse."

Elisa setzte den Helm auf, nahm hinter Steama Platz und schmiegte sich mit geschlossenen Augen an seinen Rücken.

„Ich bin ja so glücklich. Auf geht's. Die erste Etappe wartet auf uns. Bis wohin fahren wir heute überhaupt?"

„Ich dachte, wir lassen uns einfach überraschen. Wenn uns der Hintern weh tut, suchen wir uns einen Zeltplatz und so machen wir dann immer weiter. Solange wir nur immer Richtung Westen fahren, müssen wir früher oder später am Atlantik ankommen. Dann kann es bis in die Bretagne auch nicht mehr weit sein."

Als er den Motor mit dem Kickstarter zum Leben erwecken wollte, bat er Elisa lachend, ihn nur für einen winzigen Moment los zu lassen, weil das Motorrad ohne laufenden Motor nicht so gut fahren würde.

Von der Haustüre aus sah Steama hilflos dem Motorrad und dem verliebten Paar hinterher, bis sie endgültig am Horizont verschwunden waren.

„Tja, Steama. Das sind so die Momente, die ich hier abarbeiten muss", erklärte Lasso, der sich unbemerkt auf eine Bank neben der Eingangstür gesetzt hatte. „Das war das, was eigentlich für euch vorgesehen war. Aber dann kam ich dazwischen und habe es leider geschafft, euch auseinander zu bringen. Sorry. War falsch."

Nicht nur, weil Steama nicht wusste, ob er über eine feste Stimme verfügte, zog er es vor, erstmal nichts zu sagen. Er war nicht im Mindesten darauf vorbereitet gewesen, so intensiv mitzuerleben, wie sehr sich Elisa und er auf diesen Motorradurlaub gefreut hatten. Wie verliebt sie damals gewesen waren, hatte er in seiner Drogensucht vollkommen vergessen und verdrängt. Und genau das war es, was ihm jetzt die Stimme versagen ließ. Er hatte noch nicht einmal die Kraft, Lasso zu beschimpfen. Er war einfach nur maßlos frustriert.

Er wusste noch, wie er Elisa damals gesucht hatte. Von einem Tag auf den anderen war sie wie vom Erdboden verschwunden. Niemand konnte oder wollte ihm sagen, was passiert war.

„Warum ist sie damals nicht gekommen?" fragte er sich halblaut.

„Tja, Steama. Wie ich bereits sagte. Da hab ich ein wenig die Fäden gezogen. Also, um genau zu sein. Ich hab ihr so ein paar Fotos gezeigt. Du erinnerst dich an ihre jüngere Schwester? Also auf den Fotos war die zusammen mit dir zu sehen. Wie soll ich sagen? Es gibt so ganz harmlose Szenen, die auf nem Foto so ganz anders wirken können, wenn dabei noch ein paar passende Kommentare abgesetzt werden. Elisa wollte zwar ohne den ‚Segen' ihrer Eltern mit dir nach Frankreich, aber so wild wollte deine Elisa dann auch wieder nicht sein.

Als ich damals die Angst in ihren Augen gesehen habe, wusste ich, dass ich gewonnen hatte. War dann ja auch so. Ich hab Elisa und ihre Schwester in Ruhe gelassen und dafür dich bekommen. Wie gesagt. War falsch. Sorry."

Lasso schaute die leere Straße hinunter und zog geräuschvoll den Rotz hoch.

„Tja, Steama, ich muss da leider drauf bestehen. Ich hab mich gerade entschuldigt. Nimmst du die Entschuldigung an? Wäre wichtig für mich."

Steama schaute Lasso an. Lassos schiefes Grinsen. Lassos faulige Zähne. Der Funken von Hoffnung in Lassos Augen, dass die Entschuldigung angenommen werden könnte. Gleichzeitig lag noch immer der letzte Rest Abgas seines guten alten Motorrades in der Luft.

„Vergiss es Lasso. Wie könnte ich dir das jemals verzeihen? Elisa und ich. Unser ganzes Leben wäre anders gelaufen. Wir hätten bestimmt irgendwann geheiratet, Kinder bekommen, schönes Haus, Garten…"

„Oder ihr hättet an der nächsten Ecke einen Unfall gehabt und ab in den Himmel", kommentierte Lasso genervt. „Wenn ich das schon höre. Heiraten, Kinder. Pfui. Du wärst ein verdammter Spießer geworden."

„Und du kannst mich mal kreuzweise. Ich werde dir das nich verzeihen. Und wenn du vor mir im Dreck herumkriechst und mir die Stiefel sauber leckst. Ich werde es dir niemals verzeihen."

Lasso schaute wieder zur Straße.

„Das mit dem ‚niemals' musst du auch noch lernen. Ich sag für den Moment erstmal Tschüß. Ist nichts Besonderes für mich, dass mein erster Entschuldigungsversuch den Bach runter geht. Komm ich gut mit klar. Wir sehen uns."

Damit stand er auf und ging auf die Straße hinaus, während Steama mit den Gedanken bei seiner Freundin zurück ins Haus ging.

Tomatensuppe

„Hi Steama, wie siehst du denn aus? Schon wieder was schief gelaufen bei den alten Leuten?"

Steama maß Loreen mit einem langen Blick und antwortete ihr dann mit hängenden Mundwinkeln.

„Muss ich erstmal selber verdauen. Aber wenn ich dich so anschaue. Das blühende Leben. Keine Ahnung, wie ich das anders nennen soll. Hast du gerade im Lotto gewonnen oder so? Willma und mir geht es jedenfalls ziemlich beschissen."

„Warum sollte ich es dir verheimlichen? Ich war gerade im Wellnessbereich. Massieren, Sauna, Maniküre, Pediküre, erfrischende Gesichtspackung. All solche Sachen."

Steama ließ sich krachend auf einen Stuhl nieder.

„Kannst du so was nicht einfach für dich behalten? Echt jetzt. Während mir mein ehemaliger Dealer mal eben so erzählt, wie er mein ganzes Leben zerstört hat, gehst du in den Wellnessbereich. Wieso erzählst du mir nich einfach, dass du dich stundenlang verlaufen hast? Ich hätte dich dann bedauert. Vielleicht sogar was Nettes gesagt. Zum Beispiel: Schön, dass du den Weg zurück gefunden hast."

Er schaute Loreen an. Sie wirkte weiterhin einfach nur glücklich. Steama schüttelte frustriert den Kopf.

„Und, falls du das überhaupt wissen willst: Willma ist fest davon überzeugt, dass ihre komischen Herrschaften sie rausgeschmissen haben. Sie ist jetzt in ihrer Kammer und bereitet sich darauf vor, morgen nach neuer Arbeit zu suchen. Und jetzt kommt's: Sie muss zu Fuß laufen, weil sie kein Geld für die Kutsche hat. Kutsche! Ist die jetzt komplett in ner anderen Welt?"

„Ach", winkte Loreen ab, „die wird sich schon wieder fangen. Jedenfalls kann ich mir nicht vorstellen, dass die hier mal so eben rausmarschiert. Ich zumindest habe noch immer keinen Ausgang gefunden."

Als Steama das hörte, schlug er sich mit der flachen Hand vor die Stirn und sprang aufgeregt von seinem Stuhl auf.

„Das darf nich wahr sein. Ich hab eben im Ausgang gestanden und bin wieder ins Haus zurück. Es darf nich wahr sein. Wie blöd kann ein einzelner Mensch sein?"

Ohne auf Loreens Reaktion zu warten, lief er in den Flur zurück und riss die nächstgelegene Türe auf. Loreen konnte ihm gerade schnell genug folgen, um mitzubekommen, dass er mit den Worten, „Sie haben die Milch vergessen, junger Mann", begrüßt wurde.

Loreen versuchte gar nicht erst hinterher zu gehen. Die Türe würde mit Sicherheit wieder blockiert sein. Stattdessen schaute sie sich in der Küche nach etwas Essbarem um. Sie hätte wirklich bei Nadine etwas essen sollen. Vermutlich hätte die bloße Frage genügt, und schon wäre genau das hinter irgendeiner Ecke aufgetaucht, worauf sie gerade Appetit gehabt hätte.

Dann musste sie eben selber ran. Schnell schmiss sie ein paar frische Tomaten für einen kurzen Moment in kochendes Wasser, zog ihnen die Haut ab und legte das Fruchtfleisch bei mittlerer Hitze in einen Topf. Bevor es im eigenen Saft schwimmen würde, musste sie nur noch ab und zu rühren. Sie konnte das Fruchtfleisch also erstmal seinem Schicksal überlassen. Die ideale Zeit um sich nach ein bisschen Grünzeug umzusehen. Tatsächlich fand sie schon bald kleine Blumentöpfe mit Petersilie und all den anderen Pflänzchen, die in keinem Kräutergarten fehlen durften.

Als sie mit einer kleinen Auswahl von Kräutern zurückkam, sah sie, wie Wilma genießerisch ihre Nase über den Dampf hielt, der stetig aus dem offenen Topf aufstieg.

„Mmh, das riecht gut."

„Das sind erstmal nur Tomaten", stellte Loreen irritiert fest, beschloss dann aber, das lieber nicht zu vertiefen.

„Hast du deinen Ausflug ins letzte Jahrhundert hinter dir?" wollte sie stattdessen wissen, während sie Willma in ihrer etwas zu schicken, aber ansonsten ganz vernünftigen, modernen Kleidung betrachtete.

„Frag mich nicht. Das war echt grauenhaft."

„Ich frag aber trotzdem", grinste Loreen.

„Die ganze Zeit habe ich gewusst, dass etwas nicht stimmt. Aber ich hatte so einen unglaublichen Drang, das zu machen. Und immer wenn ich gedacht habe, dass ich jetzt die Kurve bekomme, dann hab ich direkt wieder losgelegt. Ich konnte das gar nicht mehr bremsen."

„Was mich interessieren würde", wollte Loreen wissen, während sie in den Tomaten rührte. „Hast du das, was du hier in der Küche gemacht hast eigentlich gelernt? Oder war das nur irgendwie so eine Art Beigabe für deine Küchenmagdrolle?"

„Selbstverständlich kann ich das alles auch wirklich", erklärte Willma, während sie leicht errötete.

„Na, das muss dir doch nicht peinlich sein. Kochen können ist doch super. Du könntest den Dill da vorne bitte mal klein schneiden."

„Und was hast du so gemacht? Die letzte Zeit?"

„Ich war..." Loreen unterbrach sich, als sie sah, wie Willma den Schnittlauch mit einem Messer aus der Tischbesteckschublade bearbeitete.

„Ja?" wollte Willma wissen, ohne von ihrer Arbeit aufzuschauen. „Was warst du?"

„Naja", setze Loreen in leichtem Tonfall an. „Ich war im Wellnessbereich. Das was du da schneidest ist übrigens nicht wirklich Dill. Wir nennen das Schnittlauch. Kann das sein, dass du bei deinen Kochkünsten eben ein bisschen geflunkert hast?"

„Du verdammte Schlampe! Meinst du etwa, dass jemand der seine Tage im Wellnessbereich verbringt, überhaupt das Recht hat, jemandem wie mir zu erklären, ob dieses blöde Grünzeug Dill oder Schnittlauch heißt?!"

Loreen war vor lauter Überraschung über Willmas abrupten Stimmungswechsel der Mund offen stehen geblieben.

„Ich!" Willma zeigte mit beiden Händen auf sich. „Ich habe hier geschuftet wie eine Blöde! Und zwar ohne auf mich selber Rücksicht zu nehmen! Ich hätte auch gerne mal eine Pause gemacht! Nur mal ein paar Minuten! Wie kann man nur so egoistisch sein und sich klammheimlich in den Wellnessbereich zurückzuziehen?"

Voller Hohn fuhr sie fort.

„Hat Madame sich schön massieren lassen, während ich hier geschuftet habe? Und Madame hat sicherlich auch in schöne, saubere Handtücher gewickelt bei leiser Musik am Pool gelegen?"

Ohne dass Loreen auch nur den Ansatz der Bewegung gesehen hatte, schleuderte Willma mit aller Kraft ihr Messer auf Loreen. Mit der Klinge voran traf es sie mitten in den Bauch.

„Schande über dich! Du bist es nicht wert hier zu sein! Geh zurück zu deinen dreckigen Nutten!"

In Erwartung des Schmerzes und in der Hoffnung, die Wunde einfach nur zuhalten zu müssen, packte sich Loreen mit beiden Händen an den Bauch. Es fühlte sich irgendwie anders an als erwartet. Erst als sie auch noch ihre Augen zu Hilfe nahm, stellte sie fest, dass nicht nur das Messer nicht in ihrem Bauch steckte, auch die Wunde, die vielleicht sogar tödliche Wunde, existierte nicht.

Willma stand immer noch an ihrem Platz und starrte verwirrt auf Loreens Bauch. Bevor es Loreen gelang, ihre Gedanken wieder in den Griff zu bekommen, öffnete sich die Küchentüre.

Statt Steama kam allerdings wieder die alte Frau herein, die einige Zeit zuvor Steama um die Milch gebeten hatte.

„Jemand anwesend?"

Erwartungsvoll schaute sie sich in der Küche um, bevor sie über ihre eigene Dummheit nachsinnend die Augen verdrehte und vor sich hin murmelte, dass sie die Antwort ja ohnehin nicht hören würde, falls jemand da wäre, der ihr hätte antworten wollen.

Wie zu einer schwerhörigen und zudem im Denken nicht mehr ganz so schnellen Person rief sie dann überdeutlich in den Raum, dass sie nur eben mal schnell die Milch auffüllen wolle. Man solle sich nicht aus der Ruhe bringen lassen. Sie wäre auch direkt wieder weg.

Bevor sie mit dem gefüllten Milchkännchen ging, drehte sie sich nochmals um und hob das Messer auf.

Nachdem sie es wieder in seine Schublade zurückgelegt hatte, roch sie noch kurz an der Suppe, die inzwischen langsam vor sich hin köchelte.

„Hmm, das riecht gut. Ich wünsche guten Appetit."

Loreen wusste nicht, wie lange sie noch auf die Türe gestarrt hatte, hinter der die alte Frau verschwunden war. Als sie anfing, ihre Umgebung wieder wahrzunehmen, stellte sie fest, dass sie mit ihrer Tomatensuppe, die noch immer auf ihren Dill wartete, alleine in der Küche war.

Grünkohl mit Mettwürsten

„Das ist ja schön Steama, dass ich dich jetzt endlich mal für mich alleine habe. Ist doch richtig oder? Du nennst dich doch Steama?"

Der Mann, der Steama mit unverhohlener Feindseligkeit betrachtete, hatte ganz offenbar keine Lust, lange auf Antworten zu warten.

„Ist mir auch egal, ob du dich Steama oder Schtriema oder Schtromer nennst. Hast du eine Ahnung wie lange ich hier auf dich gewartet habe?"

Steama war noch dabei seine Gedanken zu sortieren. Im Moment konnte er mit dem Geschwätz des Mannes, der ihn vorhin so unerwartet nach draußen geführt hatte, überhaupt nichts anfangen.

Als er vor vielleicht einer Minute in das Zimmer gestürmt war, hatte er seine Hoffnung, dass der Ausgang noch da war, sofort begraben. Stattdessen war er schon wieder auf diese bescheuerte Milch angesprochen worden. In dem Raum waren wieder einmal ein Haufen älterer Menschen versammelt gewesen, die ihn allesamt so angeschaut hatten, als ob sie ihm einiges mitzuteilen hätten. Er hatte sich schon nach dem ersten Rentnertreffen klar gemacht, dass er im ganzen letzten Jahr kaum einen Tag ohne Straftat hatte vergehen lassen. Es würden also noch so einige Rentnertreffen abzuarbeiten sein. Das war ihm klar gewesen. Aber in dem Moment, in dem er eigentlich nur die Türe in die Freiheit im Kopf gehabt hatte, hatte es ihn hart getroffen, schon wieder nur alte Leute vor sich zu sehen.

Als er das begriff hatte, war jegliche Energie verflogen. Er hatte sich einfach nur in den Raum gestellt und gewartet. Irgendeiner der alten Leute würde sehr bald aufstehen und ihm erzählen, was er alles falsch gemacht hatte und was das für Konsequenzen für die Betroffenen gehabt hatte.

Und tatsächlich war einer aufgestanden. Der hatte ihn unerwartet freundlich angeschaut und sich mit melodischer Stimme an ihn gewandt.

„Sie suchen den Ausgang. Habe ich Recht?"

„Äh. Ja. Woher wissen Sie das?"

„Ach", hatte der Mann dann abgewunken, man habe sich im Laufe der Zeit so die eine oder andere Quelle erarbeitet.

„Ich kann Ihnen die Türe zeigen", hatte sich der Mann dann erboten.

In dem Moment hätte Steama sehr skeptisch sein sollen. Stattdessen hatte er dankbar zugestimmt und sich von dem Mann in ein Nebenzimmer führen lassen. Den Fingerzeig des Mannes auf die große Eingangstüre hatte er gar nicht gebraucht. Er war natürlich sofort losgespurtet. Das Problem war nur gewesen, dass sich in dem Moment, in dem er die Türe geöffnet hatte, nahezu alles geändert hatte.

Der eben noch so freundliche Mann hatte nämlich plötzlich wieder vor ihm gestanden und keinen Zweifel daran gelassen, dass er Steama aus tiefstem Herzen verachtete.

„Das ist ja schön Steama, dass ich dich jetzt endlich mal für mich alleine habe. Ist doch richtig oder? Du nennst dich doch Steama? Ist mir auch egal, ob du dich Steama oder Schtriema oder Schtromer nennst. Hast du eine Ahnung wie lange ich hier auf dich gewartet habe? Ich werde dir jetzt zeigen, wie du in mein Leben eingriffen hast und es für immer zerstört hast."

Steama stand vor einem Kleinwagen und schlug gerade die Seitenscheibe ein. Anders als beim Wiedersehen mit seiner Freundin war Steama jetzt kein Beobachter der Szene. Diesmal war er der Akteur. Er stand wirklich vor dem Auto. Er fühlte die Kälte des Winters. Seine kalten Finger. Seine zu dünne, teils geflickte Kleidung. Und er sah wirklich, wie das Glas zerbröselte. Die meisten der stumpfen Splitter fielen auf den Fahrersitz. Ihm war das furchtbar egal. Ihn interessierte nur die kleine schwarze Aktentasche. Ein schneller

Griff und schon ließ er das Auto hinter sich. Es begann zu schneien. Er wollte keine Fußabdrücke im frischen Schnee hinterlassen.

Während er sich - in der Szene gefangen – von dem Auto entfernte, begriff Steama, dass es ihm damals vollkommen egal gewesen war, dass bald der Fahrer des Wagens kommen würde und nicht nur das kaputte Glas auf dem Sitz finden würde, sondern auch ein paar Zentimeter Schnee im Auto. Er ging einfach geduckt weiter in die Stadt. Unter einer Laterne öffnete er die Tasche. Die Papiere ließ er auf die Straße fallen. Ihn interessierte nur Bares. In einem Seitenfach wurde er schließlich fündig. Zwanzig Euro wechselten den Besitzer. Ein paar Meter weiter ließ er die Aktentasche in einen Mülleimer fallen.

Als er um die nächste Ecke bog, wurde er vollkommen unerwartet gestoppt. Es war, als ob er von einer auf die andere Sekunde zu Stein erstarrt wäre. Er konnte nichts mehr bewegen. Noch nicht einmal Atmen war mehr möglich.

Vor ihm stand der Mann, der ihm die Ausgangstüre gezeigt hatte. Der Mann schlenderte um Steama herum und genoss dessen vollkommene Hilflosigkeit.

„Blödes Gefühl, oder? Man ist anwesend, will etwas tun und kann einfach nicht."

Der Mann trat einen Schritt zurück, betrachtete Steama noch einmal eine gefühlte Ewigkeit und zeigte dann in die Richtung des gerade aufgebrochenen Autos.

„So fing es an. Für dich vermutlich etwas ganz Alltägliches. Mal eben etwas kaputt machen, das dir überhaupt nicht gehört. Die Versicherung wird das schon bezahlen. Wenn du überhaupt so weit gedacht hast. Und in den meisten Fällen hat das für deine Opfer tatsächlich nur lästigen Ärger und Laufereien eingebracht. Bei mir war das anders."

Der Mann schaute Steama jetzt wieder mit unverhohlenem Hass in die Augen.

„Ich werde dir jetzt mal zeigen, was diese kaputte Seitenscheibe meines Autos für mich bedeutet hat."

Steama befand sich in einer kleinen Küche. Ihm war klar, dass er nur als Beobachter in dem Raum stand. Es war wie der Blick durch eine versteckte Kamera. Allerdings eine Kamera, die auch die Riechorgane bediente.

Es roch nach Grünkohl, Kartoffeln und prall gefüllten Mettwürsten. Er sah, wie eine Frau leise vor sich hin summend, in der Küche herum werkelte. Sie wirkte zutiefst zufrieden mit sich. Sie führte jede ihrer Bewegungen mit routinierter Leichtigkeit aus. Aus einem kleinen Radio erklangen die Töne irgendeines klassischen Konzertes.

Plötzlich stützte sich die Frau mit schmerzverzerrtem Gesicht auf der Anrichte ab. Bevor Steama merkte, dass etwas falsch war, sackte die Frau vor seinen Augen zusammen und schlug hart auf dem gekachelten Boden auf.

Ohne Vorwarnung befand sich Steama wieder draußen. Nur war er nicht in seinen eigenen Körper zurückgekehrt, sondern er merkte sehr schnell, dass er jetzt zu Gast im Körper des alten Mannes war.

In warme, gepflegte Kleidung gehüllt, stand er vor der kaputten Seitenscheibe. Sein Magen knurrte. Er hatte sich so auf den Grünkohleintopf gefreut. Und jetzt würde er auf die Polizei warten müssen. Er wollte wenigstens noch eben bei seiner Frau aufrufen. Sie würde sich sonst Sorgen machen, dass er vielleicht im Schnee stecken geblieben war oder sogar einen Unfall gehabt hätte.

Mit einem komischen Gefühl im Bauch steckte er kurz danach sein Telefon wieder weg. Er hatte nur auf Band sprechen können. Seltsam eigentlich. Aber vielleicht hatte sie das Klingeln nicht gehört. Als er merkte, dass er sich nur wegen dieser Kleinigkeit unbegründete Sorgen machte, rief er sich zur Ordnung und verbannte den Gedanken aus seinem Kopf. Er schaute sich nach dem kleinen Kiosk um. Ein heißer Kaffee gegen die Kälte würde jetzt sicherlich helfen. Vermutlich würde die Polizei ohnehin erst sehr viel später kommen. Der erste Schneefall des Jahres bedeutete in der Regel eine ganze Menge an Unfällen.

Die Frau auf dem Boden versuchte sich durch unartikuliertes Rufen bemerkbar zu machen. Steama musste ihr dabei zusehen, wie sie begriff, dass ihre ohnehin viel zu leisen Rufe ohne jede Wirkung blieben. Unter dem Kopf der Frau bildete sich eine kleine, tiefrote Pfütze. Ihr war nicht nur irgendetwas passiert, das sie daran hinderte wieder aufzustehen und wenigstens das Telefon auf dem Küchentisch zu erreichen. Sie hatte sich zudem auch noch am Kopf verletzt. Je länger Steama auf die hilflose Frau starren musste, umso klarer wurde ihm, dass sie schnell, sogar sehr schnell, professionelle Hilfe brauchte.

Die Freude, endlich flackerndes Blaulicht zu sehen, verging Steama so schnell, wie sie gekommen war. Er steckte wieder in dem Körper des Mannes. Das Blaulicht hatte also nicht der hilflosen Frau gegolten, sondern dem Mann mit der kaputten Seitenscheibe. Jetzt musste er miterleben, wie er seine Personalien angab, sich als Besitzer des Autos auswies und letztlich damit vertröstete wurde, dass er bald die Unterlagen zum Einreichen bei der Versicherung erhalten würde. Auf die Frage, wie es denn mit der Verhaftung des Verbrechers aussehen würde, bekam er nur bedauerndes Achselzucken zur Antwort. Gezielt würde man solche Leute nie bekommen. Einzige Chance sei, dass bei irgendeiner Festnahme mal Gegenstände gefunden würden, die ihm zuzuordnen wären. Schließlich sah sich Steama dabei zu, wie er im Körper des Mannes gefangen, Arbeitshandschuhe aus dem Kofferraum holte und damit vorsichtig den Sitz reinigte. Dann endlich fuhr er los. Gegen die Kälte, die durch das zerschlagene Seitenfenster kam, war er überhaupt nicht gewappnet. Nach ein paar Minuten war er sich sicher, dass seine linke Gesichtshälfte bald Erfrierungen davon tragen würde. Alleine der Gedanke, dass die Fahrt nur noch ein paar Minuten dauern würde, hielt ihn davon ab, an den Rand zu fahren und ein Taxi zu rufen.

Obwohl es tatsächlich nur ein paar Minuten waren, kam es Steama wie eine kleine Ewigkeit vor, bis der Mann endlich am Ziel ankam. Noch immer war Steama Gast im Körper des Mannes als dieser langsam ausstieg, über die schneebedeckte Einfahrt ging, das Garagentor öffnete, wieder vorsichtig zurückging, das Auto in die Garage fuhr und das Garagentor wieder schloss.

Als er sich schon dem Haus zu gewendet hatte, drehte sich der Mann nochmals Richtung Garage und nahm sich einen an der Wand bereitstehenden groben Straßenbesen. Mit dem Kommentar „ein bisschen Sport und schon wird mir wärmer" fing er an, den Weg bis zur Haustüre frei zu fegen. Am Ziel angekommen, drehte er wieder um und brachte den Besen an seinen Platz zurück.

Jetzt endlich ging er endgültig zur Eingangstüre, klopfte sich den Schnee von den Schuhen, betrat das Haus, legte den Hut auf die Ablage und hängte den Mantel sorgfältig auf.

Der intensive hilflose Schmerz, den Steama spürte, als der Mann seine Frau entdeckte, war für ihn unerträglich. Zwar rief der Mann noch den Notarzt herbei, aber durch seine Fingerkuppen spürte Steama schon keinen Puls mehr im Körper der Frau. Weder an den Handgelenken, noch am Hals. Als es dann endlich klingelte, wies der Mann dem Notarzt noch die Richtung und klappte dann zusammen.

Damit endeten die Erinnerungen. Steama stand wieder in der Eingangstüre, die er vorher so herbeigesehnt hatte. Der Mann saß unter dem Vordach auf einer Bank und schaute Steama mit unendlich tiefer Trauer ins Gesicht.

„Wir waren ein wirklich gutes Team. Meine Frau und ich."

Ein kleiner Ausflug

Loreen war schon so daran gewöhnt, dass immer nur Steama oder Willma in die Küche kamen oder vielleicht irgendeine Erscheinung aus Steamas Vergangenheit, dass sie nicht im Geringsten damit gerechnet hatte, dass Nadine auf einmal auftauchte.

„Wow, riecht wirklich gut. Frisch gekochte Tomatensuppe. Darf ich mir eine Portion nehmen?"

„Klar. Bedien dich nur. Wie du siehst, esse ich alleine. Die beiden anderen sind irgendwo hier im Haus unterwegs. Ich hatte keine Lust nach denen zu suchen."

„Ich weiß. Deswegen bin ich ja hier. Dachte mir, dass du ein bisschen Gesellschaft ganz gut brauchen kannst."

„Und so was von. Vor allem Gesellschaft, die einigermaßen vernünftig tickt. Stell dir nur mal vor. Willma hat eben sogar mit einem Messer nach mir geworfen."

„Oh je. Bist du verletzt?" wollte Nadine wissen, wobei sie das eher pflichtschuldig als wirklich interessiert fragte.

„Seltsamerweise nicht."

„Hab ich mir fast gedacht. Dann bist du also mit jemandem hier angekommen, der seine Aggressionen nicht im Griff hat."

„Offenbar. Dabei hat die vorher nur diesen üblichen Mist mit ‚Nutte' und so abgesondert. Das geht bei mir im einen Ohr rein und im anderen wieder raus. Und ansonsten hat sie es vorgezogen, hier so eine Art Küchenmagd zu spielen. Alles ziemlich abgefahren, wenn du mich fragst."

Nadine leckte ihren Löffel ein letztes Mal ab und legte ihn dann mit zufriedenem Lächeln auf den Teller.

„Was hältst du von einem kleinen Zug durch die Gemeinde? Ich hab den Rest des Tages frei und mir scheint, dass du auch nichts Besonderes vor hast."

Natürlich war Loreen sofort Feuer und Flamme. Endlich mal raus aus dem Haus.

Als ob es nichts Selbstverständlicheres geben würde, gingen die beiden zur Haustüre hinaus und befanden sich in einer lauen Sommernacht mitten in irgendeiner Altstadt.

„Betrachte dich als Gast des Hauses. Alle Ausgaben gehen auf mich."

„Alles klar. Bin ich von meinem Job ohnehin gewohnt", grinste Loreen. „Wobei ich das noch nie mit Frauen gemacht habe. Bisher waren es immer nur Männer. In der Regel gepflegt und mit guten Umgangsformen."

„Muss ich das jetzt verstehen?"

„Escortservice."

„Ah. Okay. Was meinst du? Wollen wir uns erstmal da vorne an den Fluss setzen? Da ist gerade ein Tisch frei geworden. So ein kleines Gläschen Wein als Start wäre jetzt genau das Richtige."

„Eigentlich gehöre ich zur Bierfraktion."

„Loreen, Loreen", sagte Nadine gespielt tadelnd. „Du bist doch mein Gast. Und da lehnst du schon mein erstes Angebot ab. Gehört sich das denn für eine Angestellte des Escortservices meiner Wahl?"

„Ne", kicherte Loreen. „Aber genau genommen ist es nicht dein erstes Angebot. Weil das mit dem Hinsetzen finde ich perfekt. Dann können wir erstmal die Kulisse auf uns wirken lassen. Ich habe übrigens keine Ahnung, in welcher Stadt wir hier gerade sind."

„Ist doch letztlich egal. Hauptsache, die Sonne scheint und alles ist friedlich. Oder?"

„Allerdings. Was braucht man schon mehr?"

„Stell dir vor, du wärest ein Promi. Dann könntest du dir das nicht erlauben. Du wärest direkt von irgendwelchen Fans umringt."

„Stimmt. Wobei mir das auch manchmal passiert. Aber irgendwie anders."

„Wie geht das denn?" wollte Nadine wissen.

„Naja. Ich habe nicht nur auswärtige Kunden. Mal angenommen, da vorne läuft jetzt einer von den Kunden aus meiner Stadt entlang. Voll im Sonntagsspaziergangmodus.

Frau im Arm. Vielleicht sogar noch irgendwelche Kinder, denen er gerade ein Eis gekauft hat."

„Ja?"

„Und dann sieht er mich. Erst schaut er noch ein zweites Mal hin. Kann doch gar nicht sein, dass die Frau vom Escortservice oder noch schlimmer, die Domina zu der er immer mal wieder geht, jetzt einfach so in dem Cafe sitzt."

„Oje. Und was machst du dann? Fröhlich winken und laut seinen Namen rufen?" schlug Nadine lachend vor.

„Das wäre was. Noch besser wäre so voll im Domina-Modus mit herrischer Stimme: Sofort zu mir, du nutzloser…"

„Nutzloser, was?"

Loreen schaute überrascht an Nadine vorbei.

„Ich fass es nicht. Da kommt jetzt tatsächlich ein Kunde von mir. Escortkunde."

„Echt? Wo?" Nadine schaute aufgeregt in die gleiche Richtung, wie Loreen. „Sag schon. Wer ist es?"

„Mach jetzt aber keinen Scheiß. Das ist einer meiner Stammkunden. Den will ich nicht verlieren."

„Keine Panik. Ich halte mich zurück", grinste Nadine. „Aber jucken tut es mich schon. Jetzt sag endlich. Wer ist es?"

„Ach du je. Die beiden kommen genau auf uns zu. Im Geschäftsmänneroutfit. Der mit dem grauen Anzug ohne Krawatte. Scheint wohl seine Interpretation von Freizeitkleidung zu sein."

„Sieht gar nicht so schlecht aus, dein Kunde."

„Ey, du hast mir versprochen, keine Probleme zu machen."

Nadine setzte sich aufrecht hin und legte die Hände auf den Tisch.

„Bin ja schon artig."

Inzwischen hatten sich die beiden an den Nachbartisch gesetzt. Aus Erfahrung wusste Loreen, dass es immer am besten war, die Kunden wie ganz normale, fremde Leute zu behandeln. Also versuchte sie das jetzt ebenfalls auf diese Art. Auch wenn es ihr schwer fiel.

„Und?" stocherte Nadine jetzt doch nach. „Was passiert in solchen Situationen normalerweise?"

Loreen brauchte einen Moment, um zu merken, dass Nadines Frage für die Tischnachbarn vollkommen unverfänglich war.

„Naja. In der Regel schauen die dann überall hin. Nur eben nicht in meine Richtung. Und sie wirken irgendwie immer ein bisschen hektisch."

„Und dann gibt es noch die, die so tun, als ob sie einen nicht kennen und sich sogar neben einen setzen?"

„Eigentlich nicht", antwortete Loreen leise, was Nadine scheinbar nur noch mehr anstachelte.

„Ob der Typ, mit dem er jetzt unterwegs ist auch von einem Escortservice ist?"

„Keine Ahnung", antwortete Loreen errötend. So langsam musste ihr Kunde eigentlich mitbekommen, dass über ihn geredet wurde. Sie hatte keine Idee, warum Nadine das Thema nicht einfach fallen lassen konnte.

„Wie heißt der eigentlich?"

Loreen schirmte ihren Mund mit der Hand zum Nachbartisch ab, als sie „Erwin", antwortete.

„Aha", wiederholte Nadine in normaler Lautstärke. „Erwin. Und weiter? Oder hat der keinen Nachnamen?"

Loreen schaute unsicher zu ihrem Tischnachbarn, der gerade bestellte.

„Fällt mir gerade nicht ein. Ich nenne den ohnehin immer beim Vornamen."

„Du nennst den Erwin? Und nicht bei seinem Nachnamen? Beim Escortservice?"

„Der ist eine Ausnahme", versuchte Loreen möglichst leise zu erklären. „Er siezt mich und spricht mich mit meinem Nachnamen an und ich soll ihn duzen und mit dem Vornamen ansprechen."

„Und du bist dir sicher, dass das ein Escortkunde ist und keiner aus deinem Dominastudio?" wollte Nadine mit einem entspannten Lachen im Gesicht wissen.

Loreen, die gegen ihren Willen auch lachen musste, schielte wieder zu ihrem Kunden rüber und verstand nicht, weshalb er noch immer keine Reaktion zeigte.

Stattdessen ergriff jetzt Erwins Begleitung das Wort.

„Du bist dir also sicher, dass du sie verlassen willst?"

„Ich habe das jetzt wirklich lange genug ertragen. Du kannst dir das gar nicht vorstellen."

Mit sarkastischem Unterton fuhr er fort: „Soll ich dir mal schildern, was jeden Tag abläuft, wenn ich nach Hause komme? Meine liebe Frau wartet schon in der Eingangshalle auf mich und fängt sofort an, mich mit einer Tirade voller Belanglosigkeiten zu überdecken. Was sie wieder mal alles für mich vorbereitet hätte und wen sie alles in der Stadt getroffen hätte und ob ich schon gehört hätte, dass sich dieses oder jenes Paar getrennt hätte. Du machst dir keine Vorstellung davon, wie schwer das zu ertragen ist. Und wenn ich mich dabei nicht ausreichend interessiert zeige, wirft sie mir genauso wortreich vor, dass ich unser gemeinsames Leben in den erlesenen Kreisen unserer Stadt vernachlässigen würde. Das sagt sie wirklich so: unser Leben in den erlesenen Kreise unserer Stadt."

„Du hast dich aber mit ihr ausgesprochen? Ihr erklärt, dass dich das nervt? Dass du ihr gegenüber andere Erwartungen hast?"

„Ja, natürlich habe ich ihr das gesagt. Gefühlte tausend Mal."

„Und? Was sagt sie dazu?"

„Die hört sich das freudestrahlend an und fragt mich dann, ob sie mir noch ein Glas Wein einschenken darf."

Fast hätte sich Erwins Gesprächspartner an dem kühlen Bier verschluckt, das er gerade angesetzt hatte.

„Echt?" wollte er dann lachend wissen. „Du nimmst mich auf den Arm. Oder?"

„Nein, Karl. Mach ich nicht", antwortete Erwin, dem überhaupt nicht nach Lachen zu Mute war.

„Dann bist du am Ende wohl noch ganz froh, dass du öfters auswärts nächtigst? Bei den ganzen Fortbildungen und Seminaren an denen du teilnimmst. Und dann noch die Vorträge, die du hälst. Kommt einiges zusammen, oder?"

„Ich muss dir gestehen, dass es nicht ganz so viele sind."

„Wie darf ich das verstehen?" wollte Karl wissen.

„Ganz einfach. Dadurch verschaffe ich mir Luft zu atmen. Einige Termine sind frei erfunden", erklärte Erwin frustriert.

„Das ist nicht gut. Ich kann dir nur nochmals sagen, dass du das mit ihr klar bekommen musst. Wenn du es allerdings wirklich auf eine Scheidung ankommen lassen willst, dann wird das für dich richtig teuer. Selbstverständlich vertrete ich dich. Aber das wird ein harter Ritt."

„Ich habe dir eben nur die halbe Wahrheit gesagt. Wenn ich mit ihr reden will, dann fragt sie nicht jedes Mal, ob", er macht mit den Fingern Anführungszeichen in die Luft „ich ein Glas Wein haben will."

„Sondern?"

„Sie kann auch richtig aggressiv werden. Es gelingt mir dann nur mit größter Mühe, sie wieder zu beruhigen."

„Hätte ich bei ihr gar nicht erwartet. Allerdings werde ich das bei einer Scheidung als Pluspunkt für dich anführen. Was macht die denn dann? Schlägt die dich oder schmeißt die mit Sachen um sich?"

„Bis jetzt nichts von beidem. Aber manchmal denke ich mir schon, dass es bald so weit ist. Die kann sich dann fast nicht mehr kontrollieren. Sobald sie sich dann wieder beruhigt hat und ich sie zur Rede stelle…"

„Fragt sie dich doch wieder, ob du ein Glas Wein willst?" fiel Karl ihm ungläubig ins Wort.

Erwin nickte nur frustriert. „Ob du es glaubst oder nicht. Genau so ist es. Als ob nichts gewesen wäre. Ich hab echt den Eindruck, die weiß gar nicht, wovon ich rede."

„Wie willst du das eigentlich machen, wenn du sie verlassen hast? Hast du schon konkrete Pläne?"

„Ich habe eine komfortable Wohnung angemietet. Die habe ich zum Teil schon möbliert. Da ziehe ich dann hin. Ich muss es nur schaffen, die wichtigsten Sachen aus dem Haus zu bekommen, ohne dass sie es mitbekommt."

„Mit anderen Worten: Du wartest nur noch auf ihren Friseurtermin?" wollte Karl mit unüberhörbarer Skepsis wissen.

„Ja, so ungefähr."

Karl schaute einen Moment lang sein Bierglas an, bevor er wieder den Blick hob.

„So, wie du die beschreibst, ist die wahrscheinlich krank. Oder ich sag mal so: Ein Psychologe würde bei ihr mit Sicherheit einiges an Arbeit für sich finden. Wenn du die in dem Zustand alleine lässt, dann habe ich keine Ahnung, wie sie reagieren wird. Also ich meine: Ich kenne sie ja nur von den paar Empfängen, die ihr mal gegeben habt. Aber ich denke, du musst es ihr klar sagen. Die Chance musst du ihr geben. Früher oder später müsst ihr euch doch ohnehin irgendwie arrangieren. Du bist doch Arzt. Das deine Frau krank ist, musst du doch auch sehen."

„Nur weil ich Arzt bin, muss ich ja nicht direkt in allen medizinischen Gebieten eine Koryphäe sein. Trotzdem. Ich sehe keinen anderen Ausweg. Auch wenn das für uns beide hart wird."

„Erwin. Hoffentlich geht das gut. Und wann ziehst du in deine teilmöblierte Wohnung? Moment. Das sieht dir gar nicht ähnlich. Wieso ist die denn nicht vollständig eingerichtet?"

„Ich gehe manchmal mit einer Frau aus, die so etwas professionell macht."

Als er Karls tadelnden Gesichtsausdruck sah, schickte er schnell hinterher, dass es keine sexuelle Beziehung sei. Sie würden Opern, Ausstellungen und solche Dinge besuchen. „Sie ist so ganz anders als meine Frau", schwärmte er. „Sie ist so natürlich. Nichts Gekünsteltes. Ich habe so die Idee, dass die mit mir zusammen ziehen will. Immerhin hätte ich ihr einiges zu bieten. Auch finanzielle Unabhängigkeit."

Loreen fiel der Unterkiefer herunter. Das konnte doch wohl nicht wahr sein. Erwin wusste ganz genau, dass sie nur zwei Armlängen neben ihm saß und dann machte er ihr auf so eine dämliche Art und Weise den Antrag mit ihr zusammen zu ziehen.

„Hey, Erwin. Vergiss es einfach. Ich habe nie, aber auch wirklich nie so getan, als ob ich nur darauf warte, dass mir endlich einer meiner Kunden einen Antrag macht. Ich bin sehr zufrieden mit meinem Leben. Schmink dir das also ab. Klar?"

Nadine schaute fröhlich zwischen Erwin und Loreen hin und her.

„Na, der hat aber mal ein dickes Fell, was?"

Loreen versuchte Nadine mit einer Geste dazu zu bringen, sich einfach mal raus zu halten, während sie weiterhin Erwin fixierte.

„Erwin! Tu nicht so, als ob du mich nicht hören kannst. Ich habe gesagt, dass das nicht läuft. Komm bloß nicht noch mal mit so einer blöden Idee um die Ecke. Hast du mich verstanden?"

Wieder ignorierte Erwin sie vollkommen. Er schien seinen eigenen Gedanken hinterher zu hängen.

„Ich fass das nicht", wandte sich Loreen jetzt doch wieder an Nadine. „Der Typ ignoriert mich einfach. Ich könnte bei dem auf dem Tisch einen Striptease hinlegen und der würde den Kellner nur nach einem neuen Bier fragen."

„Coole Idee. Mach doch mal."

Nadine kam aus dem Grinsen gar nicht mehr heraus.

„Das hättest du dann gerne, was?" Gegen ihren Willen musste Loreen lachen. „Gehört aber nicht zu meinem Berufsbild. Muss ich leider passen. Sonst würde ich natürlich sofort. Keine Frage."

„Und jetzt? Wie bekommst du ihn denn jetzt aus der Reserve?"

Als Erwin zufälligerweise genau in dem Moment in Nadines Richtung schaute, winkte sie ihm übermütig mit beiden Armen zu.

Scheinbar war Karl die Pause inzwischen zu lang geworden.

„Du weißt schon, dass so etwas im richtigen Leben selten gut geht? Erfolgreicher Arzt verlässt seine Frau, um mit einer jüngeren vom, ich nehme mal an Escortservice, durchzubrennen. In Hollywood auf der Leinwand klappt so was vielleicht. Die müssen in dem Film ja auch nur die Sturm- und Drangzeit einfangen. Aber das Leben ist nun einmal noch ein bisschen mehr. Da hilft nichts."

Erwin schüttelte den Kopf.

„Nein. Ich bin mir sicher, dass es mit ihr funktionieren wird. Die ist anders als die anderen. Glaub mir. Du wirst sie auch mögen."

„Erwin, Erwin. Ich kann nur für dich hoffen, dass du dich da mal nicht vergaloppierst. Und als dein Anwalt muss ich dich darauf hinweisen, dass du deiner Frau damit Futter gibst, um dich richtig bluten zu lassen. Das solltest du allerdings auch selber wissen."

„Hör auf deinen Kumpel Erwin", stimmte ihm Loreen bei. „Du vertust dich. Ich würde niemals etwas mit einem Kunden anfangen. Glaub es mir einfach."

Nadine erklärte Loreen lachend, dass es einfach zu gut aussehen würde, mit welchem Ernst sich Loreen in das Gespräch der beiden einmischen würde. Erst jetzt merkte Loreen, was Nadine schon die ganze Zeit wusste.

„Der sieht mich gar nicht?"

Nadine nickte noch immer lachend.

„Der hört mich auch nicht?"

Wieder nickte Nadine.

„Das ist gemein", maulte Loreen, konnte aber trotzdem nicht restlos ernst bleiben. „In dem Haus wäre ich auch auf die Idee gekommen, aber hier dachte ich, dass wir echt unter Leuten wären. So ganz normal."

„Das kannst du vergessen. Trotzdem. Genieße es einfach. Ist doch ein tolles Ambiente hier. Was willst du denn mehr?"

„Dass ich nicht hinter der nächsten Ecke wieder mitten in der Küche stehe und mir den Frust von Steama oder die unflexiblen Ansichten von Willma anhören muss."

„Sieht ganz gut aus. Wir haben noch ein bisschen frei. Und wir können so ziemlich alles machen, was wir wollen. Ist doch cool. Oder?"

Feiertag

Loreen konnte sich nicht erinnern, wann und wie sie in das Haus zurückgekommen war. Sie wusste nur, dass sie zusammen mit Nadine einen super Abend erlebt hatte. Sie hatten in jeder Kneipe reichlich getrunken. Hinzu kamen noch einige hochprozentige Gratisgetränke, die sie in der Karaokebar spendiert bekommen hatten, nachdem sie Arm in Arm eine sehr eigene Interpretation von „Somewhere over the rainbow" zum Besten gegeben hatten.

Trotzdem fühlte sich Loreen nach dem Aufstehen fit wie ein Turnschuh. Nicht die geringste Spur eines Katers.

Da die Sonne bereits hoch am Himmel stand, suchte sie sich ein leichtes Sommerkleid heraus und ging in die Küche runter. Sie hatte keine Ahnung, was sie dort erwarten würde und hatte auch gar keine Lust, sich darüber Gedanken zu machen. Vielleicht würde sich nach dem Frühstück ja die Gelegenheit ergeben, Nadine im Spa zu besuchen. Sie wollte es einfach mal auf sich zukommen lassen.

Als sie schon die Hand auf der Türklinke liegen hatte, hörte sie Steamas Stimme.

„Und ich muss jetzt was genau mit den Eiern machen?"

„Mensch Steama", ließ sich Willma in einer für ihre Verhältnisse, völlig entspannter Tonlage vernehmen. „Das habe ich dir doch jetzt schon tausendmal gesagt. Du nimmst dir eine Schüssel und ein scharfes Messer. Dann nimmst du das erste Ei in die Hand, schlägst mit dem Messer darauf, öffnest die Schale und entleerst sie in die Schüssel."

„Okay."

Während Loreen hörte, wie Steama die Zutaten zusammensuchte, fragte sie sich, ob Willma jetzt einen Kochkurs geben würde. Und das, wo sie doch vermutlich selber gar nicht kochen konnte. Vielleicht lief sie ja auch wieder als Küchenhilfe herum. Andererseits hätte sie dann Steama garantiert keine Anweisungen erteilt, sondern alles schnell selber gemacht und auch in einem anderen Tonfall gesprochen.

Neugierig öffnete Loreen die Türe und stellte fest, dass mal wieder alles ganz anders war, als vermutet.

Steama hatte sich eine Küchenschürze umgebunden und versuchte voller Enthusiasmus ein paar Eier aufzuschlagen.

Willma saß am Küchentisch, beobachtete jede seiner Bewegungen, rührte aber keinen Finger. Letzteres lag offensichtlich nicht daran, dass sie irgendwie zu faul war, sondern daran, dass sie eine gute, solide Zwangsjacke trug. Die Anweisungen an Steama las sie von einem Kochbuch ab, das vor ihr lag.

„Ah, Loreen. Du kommst gerade richtig. Steama macht uns ein Omelett. Ist das nicht nett?"

„Hi Loreen", grüßte auch Steama.

„Na, das nenne ich mal Service. Sieht so aus, als ob ihr beiden dabei seid, ein richtig gutes Küchengespann zu werden. Das hätte ich gar nicht so erwartet."

„Ich würde sagen, dass ich auch ein bisschen überrascht bin", bestätigte Steama fröhlich. „Aber als die gute Willma eben so vor mit stand und mir den Vorschlag mit dem Omelett gemacht hat, da dachte ich mir: Warum eigentlich nicht? Ist wohl so was wie eine Win-win-Situation. Willma kann guten Willen zeigen und ich lerne ein bisschen Kochen. Weiß man ja nie, wofür man das so brauchen kann."

„Stimmt allerdings. Ist auf Dauer blöd, wenn ich die Einzige bin, die wirklich kochen kann. Wir können ja scheinbar nicht damit rechnen, dass Willma im nächsten Moment wieder als Küchenhilfe hier rein spaziert."

„Sieht nicht so aus", stimmte Steama zu, während er konzentriert ein Ei in seine hohle Hand legte und mit dem Messer Maß nahm.

Loreen und Willma schauten beide gespannt zu, ob er das Ei an der richtigen Stelle mit dem richtigen Schwung treffen würde. Schließlich schlug er zu und zeigte den beiden dann stolz das halb gespaltene Ei, aus dem schon das erste Eiweiß austrat.

„Hast du gut gemacht", lobte Willma. „Jetzt musst du das Messer zur Seite legen und das Ei vorsichtig mit den Daumen öffnen. Eine der wenigen Sachen, die ich in der Küche auch beherrsche."

Noch während Steama zur Tat schritt, funkte ihm Willma mit der Anweisung dazwischen, dass er das über der Schüssel machen solle.

„Ah, Willma. Wieso hast du mir das denn nicht vorher gesagt?" wollte Steama wissen, als er sich auf dem Fußboden die Pfütze aus Eiweiß und geplatztem Eigelb anschaute. „Schau dir die Sauerei an. Ich glaube, das muss ich erstmal weg machen. Das trage ich sonst in der ganzen Küche rum."

Loreen nahm sich einen Kaffee und setze sich amüsiert auf die Bank. Hunger hatte sie ohnehin keinen. Insofern war es ihr vollkommen egal, wann das Omelett fertig sein würde.

„So, Willma", verkündete Steama ein paar Minuten später. „Auf ein Neues."

„Warte mal." Willma hatte sich abgemüht, die Seite des Kochbuches nur mit ihrem Kinn umzublättern. „Ich lese hier gerade, dass es sinnvoll sein kann, jedes Ei erstmal in eine Tasse zu entleeren. In sehr seltenen Fällen sind die wohl nicht gut, steht hier. Wusste ich auch nicht."

Freudestrahlend nahm sich Steama eine Tasse aus dem Schrank und entleerte das nächste Ei diesmal unfallfrei.

„Und jetzt? Wie erkenne ich, ob das gut ist?"

„Ja, wie sieht es denn aus? Steama. Du musst doch wissen, wie ein aufgeschlagenes Ei aussieht. Eben so, dass da nichts drin ist, das nicht reingehört."

Steama schaute aufmerksam zwischen dem aufgeschlagenen Ei und Willma hin und her, wusste aber offenbar nicht, welches Urteil er über das Ei fällen sollte.

„Na, nun komm schon her. Ich schau mal rein", erklärte Willma schließlich gönnerhaft. Also stapfte Steama zu ihr rüber und hielt ihr erwartungsvoll die Tasse hin.

„Alles in Ordnung. Das kippst du jetzt in die große Schüssel. Und dann machst du mit den nächsten Eiern weiter. Insgesamt. Warte. Kannst du mal eben zurückblättern?"

Als die richtige Seite wieder aufgeschlagen war, verkündigte Willma, dass insgesamt acht Eier aufgeschlagen werden müssten. Demzufolge seien es jetzt noch sieben Eier.

Steama stürzte sich ohne Verzug in die Arbeit.

„Und jetzt? Ich hab jetzt acht Eier in der Schüssel."

Dass von Steamas Fingerspitzen Eiweißreste herunter tropften, schien ihn nicht weiter zu stören. Vor lauter Freude über die getane Arbeit bekam er das vielleicht auch gar nicht mit.

„Jetzt nimmst du dir eine Gabel und vermengst das alles miteinander. Aber nur so gerade eben, dass es einigermaßen gleichmäßig aussieht. Wenn du zu viel schlägst, dann wirft das irgendwie Blasen. Ist wohl schlecht. Steht hier jedenfalls."

Scheinbar hatte Steama vor allem begriffen, dass er nicht zu viel rühren durfte. Demzufolge kam er immer wieder zu Willma, um sie kontrollieren zu lassen, ob er aufhören musste.

Als er dann endlich die Pfanne auf dem Herd stehen hatte und die erste Portion in die schaumige Butter gegeben war, stellte er nüchtern fest, dass Kochen gar nicht so schwer wäre.

Loreen enthielt sich eines Kommentars. Sie genoss einfach nur die friedliche Stimmung und amüsierte sich darüber, dass Steama glaubte, sich als Koch bewährt zu haben.

„Und? Loreen?" wollte Willma wissen. „Wie geht es dir so? Ich habe dich gestern gar nicht mehr gesehen. Bevor ich das vergesse, ich möchte mich bei dir entschuldigen. Es war falsch mit einem Messer auf dich zu werfen. Gewalt ist keine adäquate Strategie, um Konflikte zu lösen. Ich hätte meinen Stolz überwinden müssen und zugeben müssen, dass ich nicht kochen kann und auch nicht in der Lage bin, das ganze Grünzeug auseinander zu halten. Nimmst du meine Entschuldigung an?"

„Kein Problem. Ist ja glücklicherweise nichts passiert. Und mit dem hübschen Jäckchen, das du da trägst, besteht ja auch keine Gefahr, dass sich das so bald wiederholen kann."

Willma schaute lächelnd an sich herunter.

„Ja, ist mir empfohlen worden. Solange ich die trage, bin ich erstmal nicht in der Lage mich über irgendwas aufzuregen. Mir wurde gesagt, dass ich dieses Gefühl mal so richtig in mir aufnehmen soll. Danach dürfte ich die Jacke wieder ausziehen."

„Das heißt? Also. Wie lang willst du die denn jetzt tragen? Im Moment machst du ja wirklich den Eindruck, sehr friedlich zu sein. Du hast noch nicht einmal an Steama rumgemeckert, als er eben nicht so ganz optimal in seinen Arbeitsabläufen war. Normalerweise hättest du doch irgendwas in der Art ‚was soll man von jemandem wie dir auch sonst erwarten' gesagt."

„Hab ich gut gemacht oder?" freute sich Willma und strahlte dabei über ihr ganzes Gesicht.

Am Herd hantierte Steama unüberhörbar mit einem Pfannenwender.

„Tschuldigung, wenn ich euch da unterbreche. Wie geht das denn hier jetzt weiter? Wenden oder? Wie beim Pfannekuchen."

Willma las konzentriert in ihrem Rezept und nickte dann. „Ja, wenden. Aber erst, wenn er unten so ein bisschen braun geworden ist. Musst du wohl mit dem Gerät in deiner Hand ein wenig anheben und darunter schauen."

„Ist braun", verkündete Steama aus der gebückten Haltung heraus, die er angenommen hatte, um die Bräune besser prüfen zu können. „Dann kann ich jetzt wenden?"

„Ja. Jetzt kannst du wenden."

Loreen beobachtete, wie bei Steama vor lauter Konzentration die Zungenspitze am Mundwinkel heraus kam. Um besser arbeiten zu können, nahm er sich noch einen Löffel dazu, mit dem er das Omelett beim Wenden von oben fixieren konnte. Endlich machte er nach einer Konzentrationspause eine schnelle Omelettwendebewegung und drehte sich dann stolz zu Willma um.

„Hat geklappt."

„Super", lobte ihn Willma.

Als dann endlich drei Omeletts fertig waren, einigten sich Loreen und Steama darauf, dass sie Willma abwechselnd füttern würden. Da die ganze Stimmung so schön war, nahm sich Loreen vor, in jedem Fall möglichst schnell zu sagen, dass das Omelett wirklich gut gelungen sei. Willma kam ihr allerdings zuvor.

„Wir haben Salz vergessen."

Steama ließ seinen ersten Bissen besonders lange im Mund und schluckte ihn dann so aufmerksam herunter, dass Loreen schon fast glaubte, er hätte in der Speiseröhre weitere Geschmacksrezeptoren.

„Meinst du? Ich finde, es schmeckt ganz wunderbar nach Ei. Und das soll es doch auch."

„Quatsch nicht rum, Steama. Natürlich muss das nach Ei schmecken." Willma deutete mit dem Kinn zum Gewürzregal. „Ich glaube, da steht Kräutersalz. Hol mir das doch bitte mal. Mir schmeckt das nicht so gut, wenn gar kein Salz dran ist. Wie sieht es bei dir aus Loreen?"

„Ja", lachte Loreen. „Die eine oder anderes Prise Salz hätte den Teig sicherlich noch perfekter gemacht. Aber trotzdem. Ich bin hin und weg. Schon alleine, dass ihr so zusammenarbeitet. Das hätte ich mir gestern nicht träumen lassen."

Willma schaute Loreen einen Moment nachdenklich an.

„Hast du eben schon mal erwähnt. Aber macht nichts. Besser zweimal, als keinmal. Ist zumindest mein Motto."

„Wer hat dich eigentlich auf die Idee mit der Zwangsjacke gebracht? Als ich eben reingekommen bin, habe ich fast meinen Augen nicht getraut."

„Das ist eigentlich direkt nach dem Attentat passiert, das ich auf dich verübt habe. Ich bin dann raus aus der Küche. In dem Moment war ich so unglaublich sauer auf dich. Am liebsten hätte ich es mit dem nächsten Messer direkt noch ein weiteres Mal versucht. Aber dann hat mein Mann nach mir gerufen. Ist das nicht toll? Mein Mann war da und hat mich besucht. Er hat auch versprochen schon bald wieder zu kommen. Zwar nicht direkt wegen mir, sondern wegen irgendwelcher Sachen, die er noch holen müsse. Was genau, er damit meinte, hat sich mir nicht erschlossen. Ist aber für den Moment nebensächlich. Für mich zählt alleine sein Versprechen, dass er nochmals kommen wird. Und wenn ich dann vernünftig sei, könnten wir auch gerne wieder ein wenig miteinander reden."

Willma schaute versonnen zur Zimmerdecke. Loreen wusste nicht so richtig, ob sie über den Kontrast zwischen dieser glücklich dem nächsten Treffen entgegenfiebernden Willma und der Jacke, in der sie steckte, lachen sollte.

„Jedenfalls hat er mir gesagt, dass er es nicht mehr aushalten würde, wenn ich ihn weiterhin so mit meiner Fürsorglichkeit zudecken würde. Und dass ich in letzter Zeit so ansatzlos ausrasten würde, fände er auch überhaupt nicht gut. Wir haben uns dann wirklich noch lange unterhalten. Er meinte auch, dass er den Eindruck hätte, dass ich ihm jetzt das erste Mal wirklich zugehört hätte. Scheinbar hat er mir das schon vorher immer mal wieder gesagt. Naja. Jetzt habe ich es ja kapiert. Er meinte zwar, dass es jetzt zu spät sei. Aber ich meine, dass man nie aufgeben sollte, bevor etwas wirklich zu Ende ist."

„Das heißt, dass nicht nur die alten Leute von Steama hier irgendwo im Haus herumschwirren, sondern auch dein Mann?"

„Jetzt im Moment nicht. Der war nur zu Besuch. Habe ich dir doch eben klar und deutlich gesagt."

„Und wie bist du dann in diese Jacke gekommen? Hat dein Mann die dir angezogen? Irgendwie so nach dem Motto: Ich hab dir ein Geschenk mitgebracht. Willst du das nicht sofort anziehen? Ich helfe dir auch."

„Nein", lachte Willma aus vollem Hals. „Das würde der doch niemals machen. Der ist so friedliebend. Das mit der Jacke war, nachdem mein Mann weg war. Da kam dann so ein echter Hüne in den Raum. Der hat mir total freundlich erklärt, dass es für meine Entwicklung sinnvoll sei, wenn ich die anziehen würde. Er würde mir auch helfen. Der hat mir sogar erklärt, weshalb ich die Jacke niemals ohne Hilfe wieder würde ablegen können."

Wieder fiel Loreens Blick auf die Zwangsjacke. Irgendetwas war daran ganz anders als an der Jacke, die sie ab und zu in ihrem Job verwandte.

„Willma? Würde es dir etwas ausmachen, mal aufzustehen und dich einmal zu drehen? Ich würde mir deine Jacke gerne mal genauer anschauen."

„Selbstverständlich mach ich das", erklärte Willa während sie sich etwas umständlich erhob, „aber für dich ist diese Jacke natürlich nichts. Du bist ja auch ohne Jacke immer ruhig und ausgeglichen. Wirklich bewundernswert."

„Ne. So meinte ich das auch nicht. Die Jacke ist ja echt der Wahnsinn. Normalerweise sind die immer viel zu groß und werfen überall Falten. Aber deine Jacke ist scheinbar maßgeschneidert. Noch nicht mal die Verschlussgurte stören das Bild. Wahnsinn."

Loreen hatte so etwas tatsächlich noch nie gesehen. Die Verschlussgurte hatten normalerweise dicke Schnallen, die dann noch mal zusätzlich gesichert werden konnten. Bei Willma sahen die Gurte so aus, als ob sie nach dem Anziehen festgenäht worden wären. Weit und breit keine einzige Schnalle.

„Inspektion beendet?" wollte Willma fröhlich wissen. „Dann setze ich mich mal wieder hin und lasse mich von euch mit dem leckeren Omelett verwöhnen."

Loreen konnte es zwar kaum verstehen, aber Willma war in der Jacke glücklich und zufrieden und ließ sich mit Omelett füttern, als ob es nichts Selbstverständlicheres geben würde. Bei der Wandlungsfähigkeit war Willma damit endgültig ganz vorne dabei. Neureiche Zicke, arbeitswütige Küchenhilfe, jähzornige Zicke, devote Verkünderin des Weltfriedens. Einfach der Wahnsinn.

„Was liegt denn sonst so an heute? Du, Steama hast bestimmt wieder ein paar Meetings mit deinen Rentnern?"

„Nein. Heute ist so was wie ein Feiertag hier im Haus. Heute dürfen wir uns erholen. Kein Stress."

„Und woher weißt du das?"

„Das hat Willma von ihrem Zwangsjackentyp gehört. Und bis jetzt stimmt es auch. Nicht dass ich mein Schicksal herausfordern würde und jetzt anfange, laut grölend alle Türen aufzureißen, die ich finde. Aber ich glaube, der Informant ist verlässlich."

Damit konnte Loreen ihren Besuch im Spa vermutlich streichen. Sie würde es später zwar mal versuchen, hatte aber wenig Hoffnung, Nadine wiederzusehen.

Da sie ihre beiden, momentan so harmonischen Mitreisenden nicht so schnell nach dem - vom Rezept her - extrem übersichtlichen Omelett alleine lassen wollte, schaute sie sich auf der Suche nach einem unverfänglichen Gesprächsthema in der Küche um. Dabei fiel ihr eine Stelle auf, die sie anders in Erinnerung hatte. Sie beugte sich ein bisschen vor und tatsächlich, die Küche war mit einer Türe hinaus in den Garten ausgestattet. Neugierig ging sie die paar Schritte und öffnete die Türe, als ob es nichts Selbstverständlicheres geben würde.

„Hey, ist das nicht cool? Wir können nach draußen gehen und die Sonne genießen. Habt ihr Lust?"

„Das ist ja fast wie im Urlaub", kommentierte Willma, nachdem sie sich mit tatkräftiger Unterstützung durch Loreen und Steama auf einem Liegestuhl niedergelassen hatte. „Natürlich fehlen im Vergleich zu den Fünf-Sterne-Unterkünften, die wir immer buchen, noch ein Pool, Palmen und vor allem die diensteifrigen Menschen, die uns in herausragender Weise bedienen. Aber wenn ich mir das so insgesamt anschaue, dann ist das hier auch sehr schön."

Steama runzelte die Stirn.

„Du bist ja mal drauf. Also für mich ist das hier schon der pure Luxus. Denk doch mal nach, Willma. Wir sitzen hier im Freien. Uns tut nichts weh. Die Sonne scheint. Nicht zu warm. Nicht zu kalt. Genau richtig. Überleg nur mal, wie du in deiner abgedrehten Designerjacke schwitzen würdest, wenn die Sonne hier richtig knallen würde. Und überhaupt.

Wir sind draußen. Versteht ihr? Draußen. Die ganze Zeit nur in der Bude. Den Ausgang gesucht und jetzt sitzen wir hier unter der angenehmen, warmen Sonne. Das ist doch der Wahnsinn."

Willma schaute sich in dem Garten um.

„Ich sehe keine Zäune oder so was. Gestern hätte ich mich noch direkt auf den Weg gemacht und geschaut, dass ich endlich zu meinem lieben Mann zurückkomme. Und jetzt? Also, ich möchte selbstverständlich noch immer weg. Aber ich denke, ich sollte die Therapie erst mal zu Ende bringen. Seit ich die Jacke trage, bin ich so unglaublich ruhig und entspannt."

„Ich war gestern in der Stadt. Mit Nadine, der Frau, die im Wellnessbereich arbeitet. Ihr wisst schon."

„Was warst du?" wollten Willma und Steama wie aus einem Mund wissen.

„Hört sich für euch bestimmt toll an. Ist es aber nicht. Nicht dass es keinen Spaß gemacht hätte, aber es war ziemlich schnell klar, dass garantiert hinter irgendeiner Ecke wieder dieses Haus hier auf mich warten würde. Deswegen würde ich tippen, dass selbst wenn wir uns jetzt auf den Weg machen würden, wir am Ende doch wieder hier landen würden. So wirklich kommen wir hier im Moment offenbar nicht weg."

„Passt irgendwie", stimmte ihr Steama zu. „Ich habe den Ausgang ja auch schon zweimal vor mir gehabt. Und kein einziges Mal war ich in der Lage einfach wegzugehen. Trotzdem würde ich nich, ‚nein' sagen, wenn du mich mal mit in die Stadt nehmen würdest, um einen drauf zu machen. Das habt ihr beiden doch gemacht, oder? Ich stell mir das richtig gut vor. ‚Girls night' zu zweit."

„So in der Art", lachte Loreen. „Wir haben sogar Karaoke gemacht. Obwohl ich das vorher eigentlich immer voll peinlich gefunden habe."

„Echt? Und wie warst du? Sing doch mal was."

„Ne. Bestimmt nicht. Dafür müsste schon irgendwie die Gesamtstimmung passen. Ich meine: Karaoke jetzt hier im Garten? Das passt irgendwie nicht. Übrigens habe ich in der Stadt jemanden aus meiner Vergangenheit getroffen."

„Erzähl."

„Wir hatten uns ganz harmlos in so eine Art Biergarten gesetzt und dann tauchte neben mir auf einmal ein Kunde vom Escortservice auf. Mit einem Freund oder Geschäftspartner. Keine Ahnung. Jedenfalls erzählt der dem dann, dass er mir einen Antrag machen will, mit ihm zusammen zu ziehen. Seine Frau würde ihn nur noch nerven und so."

„Und was hast du dann gemacht?" wollte Steama wissen.

„Ich hab ihm natürlich die Meinung gegeigt. Das ist echt das Letzte. Als ob ich meinen Freund und meine WG verlassen würde, um mich von so einem reichen Typen in den goldenen Käfig sperren zu lassen."

„Das war bestimmt peinlich für den Mann. Auch noch vor einem Kollegen", kommentierte Willma entspannt von ihrer Liege.

„Das ist genau der Punkt. Ich hatte das nämlich in dem Moment noch gar nicht kapiert. Nadine allerdings schon. Die hat sich schlapp gelacht."

„Was hast du nich kapiert?" wollte Steama wissen.

„Mein Kunde konnte mich nicht sehen und hören. Krass oder? Das hat mich an deine Rentner erinnert Steama. Die kann ich bis auf die eine Frau mit dem Milchkännchen ja auch nicht sehen und hören."

„Mich", meldete sich Willma wieder zu Wort, „interessiert viel mehr, was das für Männer sind, die dir so ein Angebot machen. Ich finde das sehr ehrenhaft von dir, dass du das nicht angenommen hast. Wirklich. Das hat Charakter."

„Was das für ein Typ ist? Tja. Ein wirklich charmanter Begleiter. Gebildet. Manieren. Eigentlich müsste sich seine Frau ein Loch in den Bauch freuen, dass sie so einen Typen erwischt hat. Aber irgendwie passen die wohl doch nicht ganz zusammen. Kann man manchmal wirklich nicht verstehen."

„Verstehen kann ich das auch nicht. Aber andererseits hat mein Mann mir gestern ja auch klar gemacht, dass ich ihm das Leben schon wirklich schwer mache. Vielleicht hätte dein Kunde das seiner Frau auch einfach mal sagen sollen. So was kann wirklich helfen. Und besser wird es ohnehin nicht, wenn man es nicht sagt. Das habe ich zumindest gestern so ganz für mich verstanden. Und? Schaut mich an!" Zur Bekräftigung wackelte sie mit ihren, in der Jacke fixierten Armen. „Ich bin dabei meine Lektion zu lernen. Das wird ihn bestimmt beeindrucken."

Loreen war sich da nicht ganz so sicher. Immerhin hatte Willma erzählt, dass ihr Mann vor allem deshalb zurückkommen würde, weil er noch etwas holen wolle. Scheinbar hatte Willma diese Kleinigkeit erfolgreich verdrängt. Loreen sah es allerdings überhaupt nicht als ihre Aufgabe an, dies irgendwie zu kommentieren. Für den Moment war Willma glücklich. Auch wenn es rein Äußerlich kaum zu glauben war. Vielleicht war sie sogar glücklicher als sie es lange Zeit vorher jemals gewesen war. Wieso hätte Loreen ihr das versauen sollen?

Völlig unerwartet für die drei kam in dem Moment ein junger Mann in den Garten. Der perfekt sitzende Freizeitanzug gab ihm genau die Ausstrahlung die zu einem charmanten Gastgeber einer lockeren Gartenparty der Highsociety passte.

„Guten Tag die Damen, der Herr. Ich sehe zu meiner Freude, dass Sie den freien Tag nutzen, um neue Kräfte zu sammeln. Genau so ist das auch gedacht."

Er schaute sich einen Moment im Garten um, als ob er ihn selber gerade das erste Mal sehen würde.

„Im Moment ist alles noch sehr neu. Übrigens auch für mich. Sie drei sind in der Tat meine ersten Gäste. Leider ist es mir nicht gelungen, Sie schon bei Ihrer Ankunft zu begrüßen. Mich haben organisatorische Pflichten abgehalten. Wenn ich mir allerdings so anschaue, was Sie daraus gemacht haben, komme ich schon fast zum Schluss, dass ich das in Zukunft wohl immer so machen werde. Selbstorganisation wäre das Stichwort. Ist ohnehin eines der Leitsymbole bei uns."

Er machte eine kleine Pause, in der er die drei der Reihe nach mit einem freundlichen Blick bedachte.

„Nun gut, ich will Sie jetzt nicht länger mit meiner Anwesenheit belästigen. Wollte nur mal eben kurz ‚hallo' sagen."

„Sie", dabei deutete er auf Steama, „haben ja noch ein wahres Mammutprogramm vor sich. Aber, wie ich immer zu sagen pflege; einfach mal loslegen. Auch der größte Berg besteht nur aus vielen kleinen Einzelteilen. Groß erscheint er nur, wenn sich der Nebel lichtet und der Wanderer nach oben schaut. Deshalb mein Tipp an Sie, Herr Peters: Einfach beharrlich einen Schritt nach dem anderen. Das klappt dann schon. Und manchmal ist das ja auch ganz schön, was man so sieht."

Die Art, wie er den letzten Satz gesagt hatte, ließ Loreen erwarten, dass er sich jetzt abwenden würde. Tatsächlich drehte er sich auch um, stockte dann aber in der Bewegung, dachte einen Moment nach und wandte sich Willma zu.

„Bei Ihnen, Frau Schneider, habe ich ja lange überlegt, wie ich das Programm anlege. Wenn es bisher etwas verwirrend für Sie war, dann freut mich das. Denn genau so war es auch gedacht. Das Stichwort ist ‚Spiegeln'. Verstehen Sie? Ich möchte erreichen, dass Sie verstehen, wie verwirrend Sie auf andere Personen gewirkt haben."

Er schaute zwischen Steama und Willma hin und her, ohne dabei sein permanentes Lächeln zu verlieren.

„Scheint alles zu klappen. Toi, toi, toi. So. Jetzt muss ich aber wirklich wieder los. Ich habe hier nämlich eine Sieben-Tage-Woche. Und das auch noch rund um die Uhr. 24/7 sagt man dazu, glaube ich. Will aber nicht klagen. Insgesamt macht der Job echt viel Spaß. Man kommt mit anderen zusammen, kann Dinge bewegen. Ist schon um einiges besser, als immer nur untätig auf einer weichen Unterlage zu sitzen und die Beine baumeln zu lassen. Oder? Ich habe Recht. Stimmt's?"

Diesmal drehte er sich wirklich um und verschwand aus dem Garten.

Die drei schauten sich verwirrt an. Willma fand als erste Worte.

„Das war also unser Gastgeber. Und ich sitze hier einfach auf dem Stuhl und kann ihm noch nicht einmal die Hand reichen. Eigentlich ein Affront, der seines Gleichen sucht. Schien der aber gar nicht so zu sehen. Trotzdem hättet ihr wenigstens mal etwas machen können. Man muss sich doch bei so einem Herrn bedanken, dass er uns sein Haus überlässt. Das ist nun wirklich keine Selbstverständlichkeit. Beim nächsten Mal sind wir dann aber hoffentlich besser vorbereitet und können den jungen Mann entsprechend empfangen."

„Ich hatte nich den Eindruck, dass der irgendwie sauer auf dich oder uns war", meinte Steama. „Der hat doch die ganze Zeit immer nur gegrinst."

„Aber du hättest doch auch mal irgendwie was sagen können", hakte Willma nach. „Oder du, Loreen. Ihr habt beide keinen einzigen Ton von euch gegeben. Warum seid ihr denn nicht auf ihn zu und habt ihm die Hand geschüttelt. Euch nochmals vorgestellt. All die Standards nun einmal, die man in solchen Situationen macht. Wenn ich gekonnt hätte, dann hätte ich das ja übernommen. Aber ich konnte nicht."

Mit Blick auf ihre fixierten Arme schickte sie in ernstem Tonfall hinterher, dass sie dafür falsch gekleidet sei.

„Mach dir keinen Kopf, Willma", meinte jetzt auch Loreen. „Wenn ich den nicht vollkommen falsch verstanden habe, dann werden wir den sicherlich noch öfters sehen. Du hast also noch ausreichend Gelegenheit. Aber mal was anderes. Bevor wir den ganzen Tag nur hier im Garten abhängen. Mir steigt irgendwie so eine salzige Luft in die Nase. Riecht ihr das auch? Sollen wir mal das Meer suchen gehen? Wär doch cool, wenn hier um die Ecke ein fetter Sandstrand oder so was ist."

„Ich rieche nichts", kommentierte Steama ohne auch nur zu versuchen, etwas in die Nase zu bekommen. „Das ist aber schon länger so bei mir."

Auch Willma, die sich in ihrem Liegestuhl nochmals zurecht legte, machte nicht den Eindruck, von Loreens Vorschlag begeistert zu sein.

„So wie ich jetzt gekleidet bin, gehe ich bestimmt nicht unter die Leute. Ich fühle mich zwar erstaunlich wohl in der Jacke, aber so unter Leute gehen ist mir dann doch nicht recht. Ist doch ganz schön hier im Garten."

Auch wenn Loreen natürlich wusste, dass sie das Meer niemals nach dem Prinzip ‚einfach der Nase nach' finden würde, ging sie aufs Geradewohl los. Verlaufen konnte sie sich ohnehin nicht. Früher oder später würde sie wieder im Haus landen. Nach einiger Zeit traf sie auf eine vielbefahrene Straße, die ihr die Entscheidung in welcher Richtung sie gehen sollte, einfach machte. Die Autos mit lauter Ausrüstungsgegenständen für einen langen Strandtag fuhren nämlich alle in die gleiche Richtung. Da dort außerdem noch ein kleines Dorf lag, konnte es gar nicht falsch sein, sich das mal näher anzuschauen. Die Häuser waren weiß getüncht und strahlten, je näher Loreen kam, umso mehr Gastfreundlichkeit aus.

Bald darauf saß Loreen auf einer schattigen Terrasse. Vor ihr stand ein Glas gut gekühlten Weißweines. Über ihr rankte ein wilder Wein, der sogar schon Trauben trug. Aber das Beste war die Aussicht auf eine malerische Meeresbucht. Helle Felsen, türkisgrünes klares Wasser und kleine weiße Sandstrände. Genau so hatte sie es sich immer vorgestellt, wenn sie mit ihrem Freund darüber geredet hatte, endlich mal am Mittelmeer Urlaub zu machen. Obwohl sie es sich immer wieder vorgenommen hatten, war bisher noch nichts draus geworden.

Neben ihr machte sich eine größere Gruppe von Urlauberinnen mit ihren Kleinkindern breit. Die Frauen schoben resolut ein paar Tische zusammen und schafften es mit klaren Ansagen in kürzester Zeit die ganze Horde auf Stühle zu bekommen. Alle redeten wild durcheinander. Trotzdem gelang es dem Wirt mühelos Getränke zu servieren und die Bestellungen für das Essen aufzunehmen.

Loreen verfolgte das Treiben noch eine Zeitlang und ging dann zum Strand hinunter. Es tat ihr unglaublich gut, einfach mit den Füßen durch das kühle Wasser zu gehen. Am Ende der Bucht konnte Loreen einen Jachthafen erkennen. Die Masten der Segelschiffe bewegten sich im Takt der wenigen Wellen, die bis in den Hafen eindrangen, leicht hin und her. Inzwischen konnte sie schon die Hafenmauer erkennen. Ein befestigter Weg führte vom Strand aus dorthin. Auf der Mauer, die den Weg gegen das Meer abgrenzte, saßen einige Urlauber, die entweder zum Meer gewandt die Beine baumeln ließen oder die sich das Treiben in dem kleinen Hafenviertel anschauten.

Erst konnte es Loreen nicht richtig glauben, aber je näher sie kam, umso sicherer war sie, dass Nadine am Rand der Mauer auf sie wartete.

„Hi Loreen. Lust auf einen kleinen Segeltörn?"

„Cool, wollte ich immer schon mal machen. Kann man sich hier Jachten ausleihen? So mit Skipper?"

„Keine Ahnung. Ist mir aber auch egal. Ich kann segeln und selbst wenn du dich als absolute Niete herausstellen solltest, kann uns das nicht aufhalten. Das Boot ist für Einhandsegeln ausgelegt. Ist also alles kein Problem. Wenn dir danach ist, kannst du dich von Anfang an als Nixe auf dem Vordeck räkeln und sowohl die Sonne als auch das Meer genießen. Ganz wie du willst."

„Soweit kommt das noch. Rumliegen kann ich auch in dem Garten vom Haus. So wie meine beiden Mitbewohner."

„Hätte mich auch gewundert", kommentierte Nadine fröhlich.

„Na dann. Nichts wie los. ‚A dream comes true', sozusagen. Ich wollte schon immer mal mit so einem Boot raus fahren."

Nadine hakte sich bei Loreen unter und führte sie freudestrahlend zu ihrem Boot.

„Zwölf Meter. Für hiesige Verhältnisse eher klein. Aber man kann es schon eine ganze Zeit darauf aushalten."

„Wow. Willst du mir damit sagen, dass wir jetzt nicht nur mal eben raus fahren und in ein, zwei Stunden wieder hier sind?"

„Du kennst die Regeln doch inzwischen ein bisschen. So genau weiß man das nie. Aber eines ist klar. Für dich ist scheinbar einiges von den Annehmlichkeiten des Lebens vorgesehen. Und ich bin so was von happy, dass ich für dich da sein darf. Das macht nämlich richtig Spaß mit dir und ist zudem tausendmal besser, als mich um die Typen zu kümmern, die von einem Meeting zum nächsten rennen müssen."

„Also dann: Lass uns das Schiff klar machen und raus auf das türkisfarbene Meer segeln. Ich hab so was von Bock da drauf!"

Willma kommt in Fahrt

„Ein bisschen weiter links Steama."

Willma verfolgte aufmerksam, wie sich Steama in der Küche bewegte. Da sie noch immer ihre spezielle Jacke trug und Loreen von ihrem gestrigen Ausflug nicht zurückgekehrt war, blieb die ganze Arbeit an Steama hängen.

„Richtig. Mach die Tür auf. Dahinter sind die Teller und Tassen. Da nimmst du zwei raus."

„Wieviel sonst? Jetzt übertreibst du es aber, Willma."

„Sorry. Da hast du Recht. Es geht eben manchmal mit mir durch. Wahrscheinlich wäre ich eine besonders gute Mutter gewesen. Wenn es das Schicksal nicht so gewollt hätte, dass ich mich an einen zeugungsunfähigen Mann gekettet hätte."

„Wie jetzt? Du willst mir doch wohl nicht erzählen, dass ihr nie Sex hattet."

„Steama", sagte Willma in nachsichtig tadelndem Ton. „Ich sagte lediglich, dass mein Mann zeugungsunfähig ist. Es war uns also versagt, Kinder zu bekommen."

„Ah. Ich dachte schon."

„Das, woran du offenbar denkst, wird ohnehin vollkommen überbewertet. Das Wichtigste war und ist für mich immer und immer wieder die Karriere meines Mannes."

„Echt? Sex wird überbewertet meinst du? Nehme ich dir nicht ab. Soviel ist schon mal klar."

„Ob du mir das abnimmst oder nicht, ist mir ziemlich egal. Aber eines musst du lernen. Einfach mal so über solch ein privates Thema zu reden, gehört sich nicht", antwortete Willma ihm pikiert. „So etwas hat unter den Eheleuten zu bleiben. Und damit ist jetzt auch Schluss mit diesem Thema."

„Warum du so verklemmt über das redest, was die Menschheit seit Jahrtausenden am Überleben hält, versteh ich nicht so richtig", fuhr Steama unbekümmert fort.

„Du willst jetzt aber nicht zu meinem Therapeuten werden oder?"

„Du meinst so ein Psychotyp? Du liegst auf der Couch und ich sitze mit übereinandergeschlagenen Beinen halb hinter dir, stell dir total kluge Fragen und bekomme am Ende einen Haufen Kohle?"

„So in der Art", bestätigte Willma. „Jetzt haben wir aber endgültig genug darüber geredet. Du stehst jetzt schon eine Ewigkeit mit den Tellern in der Hand da herum. Wäre mal eine Idee, die zum Tisch zu bringen. Wir wollen ja schließlich mit dem Frühstück durch sein, bevor die Sonne ihren höchsten Punkt am Himmel erreicht hat."

Steama machte ein paar vorsichtige Schritte in Willmas Richtung.

„Sehr gut, Steama. Der Tisch steht jetzt links von dir."

Er tastete mit seiner freien Hand im Leeren herum.

„Nicht rechts", korrigierte ihn Willma. „Ach halt. Stopp. Mein Fehler. Ich habe schon wieder vergessen, dass sich das tauscht, wenn du auf mich zugehst. Also. Der Tisch ist von dir aus gesehen rechts."

Sie beobachtete, wie Steama die Teller vorsichtig auf den Tisch stellte und sich dann wieder zum Schrank zurücktastete.

„Dass du dein Selbstfindungsprogramm aber auch unbedingt an dem Tag starten musst, an dem Loreen nicht da ist", moserte Willma, wobei sie zu verdrängen versuchte, wie es überhaupt dazu gekommen war.

Am Morgen hatte sie nämlich noch verzweifelt herumgeschrien, nachdem Steama ihr erklärt hatte, dass die Zwangsjacke keine Verschlüsse hätte. Als sie vom Schreien langsam heiser und vom Herumtoben müde geworden war, hatte Steama ihr vorgeschlagen, dass er sich auch ein Handicap zulegen könne. So wären sie aufeinander angewiesen und würden bestimmt interessante Erfahrungen machen.

Von der Herausforderung als Steamas Augen zu agieren und sich gleichzeitig von Steama die Arme ersetzen zu lassen, hatte Willma erst nichts hören wollen. Da Steama aber nicht aufgegeben hatte und es ihm sogar gelungen war, ihr klar zu machen, dass es auch für ihn eine wichtige Erfahrung sein könnte, hatte sie schließlich eingelenkt. Eigentlich hatte sie dabei den Hintergedanken gehabt, dass sie Steama nach ihrem Gutdünken hin und her schicken konnte, um über seine Unbeholfenheit lachen zu können. Dann aber hatte sie festgestellt, dass sich Steama wirklich viel Mühe gab, alles richtig zu machen. Also hatte sie sich am Riemen gerissen und sich ehrlich bemüht, vernünftig mit ihm zusammen zu arbeiten.

„Eigentlich hatte ich mir die Augen nicht verbunden, um mich selbst zu finden", holte Steama sie aus ihren Gedanken zurück. „War mehr Therapie für dich, denk ich mal. Ich hatte eigentlich gedacht, dass du mir ohnehin nicht geglaubt hast, dass ich das machen würde. Es war nur das Einzige, was mir eingefallen war, um dich zu beruhigen. Sonst würdest du hier ja immer noch herumtitschen."

„Natürlich habe ich das sofort gemerkt. Aber da es richtig ist, dass du dich auch mal anstrengen musst, habe ich es für mich behalten."

„Weißt du, was das Verrückte ist?" wollte Steama wissen, ohne wirklich auf eine Antwort zu warten. „Je länger ich das mache, umso interessanter find ich das. Muss ich ehrlich zugeben."

„Ja", stimmte sie ihm zu, „das hat was."

„Mal was anderes Willma. Hast du eigentlich eine Idee, wie lange das hier alles noch gehen soll?"

„Woher soll ich das denn wissen?" gab Willma gereizt zurück. „Schau mich doch an. Ich sitze hier nutzlos herum. Du kannst mir glauben, dass ich jetzt viel lieber in meiner Villa wäre. Dort warten sehr viele, sehr wichtige Aufgaben auf mich."

„Ja klar. Ich hätte auch so ein paar Ideen. Deswegen fänd ich das schon toll, wenn irgendwie mal einer kommen würde und dann sagt, was jetzt wird. Der Typ im Garten hatte das ja nich drauf."

„Erinnere mich bloß nicht daran. Was war das peinlich. Keiner von uns hat ein Wort an ihn gerichtet."

„Der hat aber auch nich wirklich viel gesagt, find ich. Also. Der hätte ja mal nen Plan oder so erklären können."

„Herrgott noch mal, Steama! Das musst du doch langsam mal kapieren! Wenn man die Leute unhöflich behandelt, behandeln die einen ebenso. So einfach ist die Welt. Wie man in den Wald hinein ruft, so schallt es auch wieder heraus. Und wir haben ihn unhöflich behandelt."

„Aber wir haben das doch nich absichtlich gemacht. Wir waren alle so überrascht. Und ich habe ganz bestimmt nich mit so nem Typen, wie dem, gerechnet."

„Na, jetzt wird es interessant", erklärte Willma zuckersüß. „Mit was für einem Typen rechnet denn so ein Typ wie du? Das interessiert mich jetzt aber mal wirklich."

„Vielleicht so eine Art Guru. So mit übereinandergeschlagenen Beinen. Also im Schneidersitz. Weißt du, was ich meine? Wenn die Füße auf dem Oberschenkel liegen und nicht drunter. So yogamäßig. Der isst dann den ganzen Tag nix und segnet alle Leute, die bei ihm vorbeischauen."

Willma schnaubte verächtlich, bevor sie dann wissen wollte, ob Steama dem Guru dann vielleicht noch irgendwelche Geschenke mitgebracht hätte.

„Versteht sich. Von irgendwas muss der ja schließlich auch leben. So ganz ohne Arbeit geht es nur, wenn man genug Geschenke bekommt. Schnorren ist für einen echten Guru natürlich nich drin."

„Das sagt der Richtige", stellte Willma überheblich fest. „Das ganze Leben keinen Finger krumm gemacht. Und dann von Arbeit faseln. Kein Wunder, dass du mit so einer unterirdisch naiven Idee kommst. Als ob hier irgendwo ein echter Guru rumhocken würde. Wie alt bist du eigentlich? Hast du das Kleinkindalter überhaupt schon verlassen? Du bist so lächerlich. Du solltest dich mal sehen! Wie du mit diesem albernen Tuch um den Kopf hier in der Küche herumstolperst und bei jeder Bewegung immer nur gelobt werden willst. Toll gemacht Steama. Super, wie du das machst.

So ganz ohne irgendwas sehen zu können. Aber weißt du was, du infantiler Junkie? Weißt was? Du kannst dir das Tuch einfach abnehmen und schon kannst du wieder sehen. Aber ich! Ich… Ich werde diese bescheuerte Jacke niemals wieder los. Machst du dir überhaupt eine Vorstellung davon wie schrecklich nervig das ist, wenn man voll funktionierende Arme hat, die aber nicht gebrauchen kann?! Und das alles nur, weil so ein bescheuerter Muskelberg einen da rein gequatscht hat? Als ob ich eine Chance gehabt hätte! Und in so einer Situation kann ich das echt nicht brauchen, wenn so ein Versager wie du mir hier vortanzt, was er gerade für eine tolle Erfahrung macht!"

„Was ist denn jetzt schon wieder los mit dir?" Steama riss sich genervt das Tuch von den Augen.

„Ha", schrie Willma auf. „Hab ich es doch gewusst! Kaum sag ich mal die Wahrheit und rede nicht so einen aufgewärmten Friede-Freude-Eierkuchen Mist. Schon ist die Toleranzschwelle des kleinen Junkies überschritten. Na los! Schlag mich doch, du Versager! Schlag eine wehrlose, alte Frau!"

Während Steama ihr zuhörte, verschwand seine Genervtheit so schnell wie sie gekommen war und machte vollständiger Ratlosigkeit Platz.

„Was ist los mit dir? Wie kommst du auf die Idee, dass ich dich schlagen würde? Ich hab bisher viel Scheiße gebaut in meinem Leben. Das ist richtig. Aber das hab ich nie gemacht. Die Nummer mit der Aggression und der fehlenden Kontrolle über sich, ist ja wohl eher dein Problem. Deshalb haben die dir doch wohl auch die Zwangsjacke verpasst. Und ich kann echt nur sagen, dass die das wirklich gut erkannt haben. Wer auch immer die sind. Menschenkenntnis scheinen die zu haben. Ist nur blöd, dass die Jacke heute nich so gut funktioniert wie gestern. Da warst du mir nämlich schon echt sympathisch."

„Das passt genau zu dir!" Willma schien die einzelnen Wörter auszuspucken. „Du bist der naivste Typ, der mir jemals begegnet ist. Kaum ist mal jemand nett zu dir, schon bist du der Meinung einen Freund fürs Leben gefunden zu haben. Aber genaugenommen bist du nur ein mieser Haufen Dreck! Mit so was wie dir bin ich noch immer fertig geworden!"

Während Willma das schrie, sprang sie auf, kickte einen Stuhl aus dem Weg und ging mit der Schulter voran auf Steama los.

Noch vor ein paar Tagen hätte er so schnell nicht reagieren können. Soviel war Steama klar, als er einen Schritt zur Seite trat und Willma dabei zuschaute, wie sie Richtung Küchenzeile davon rauschte und krachend auf der Anrichte landete.

Obwohl ihm nicht nach Lachen zumute war, musste er kichern, als er die kleinen Salatblätter sah, die sich auf ihrem Gesicht breitgemacht hatten.

„Du hast da was im Gesicht."

„Dann mach mir das gefälligst weg!"

„Ganz bestimmt nich. Warum sollte ich freiwillig in deine Nähe kommen? So aggressiv wie du bist?"

Erfolglos versuchte Willma die Blätter selber wegzublasen. Dabei wirkten die vorgestülpte Unterlippe und der wild entschlossene Gesichtsausdruck so derartig grotesk, dass Steama endgültige lachen musste.

„Wird nich klappen. Du musst dir was anderes einfallen lassen. Hunde laufen bei solchen Gelegenheiten manchmal einfach im Kreis und reiben ihren Kopf dabei auf dem Teppich."

„Was hast du gesagt?! Ich soll mich wie ein dreckiger Köter auf dem Boden wälzen? Fang lieber schon mal an, dir zu überlegen, was du machen willst, wenn ich diese verfluchte Jacke endlich los bin! Dann kannst du nämlich dein blaues Wunder erleben! Und das meine ich wortwörtlich! Ich werde dich so was von fertig machen! Du mieser kleiner Junkie!"

„Mensch Willma. Jetzt komm mal langsam wieder auf den Teppich. Das bringt doch nix."

„Das bringt doch nichts!" äffte sie ihn nach. „Solche Drecksäcke wie dich, die dann immer noch versuchen in aller Ruhe die Scheiße auszudiskutieren, die sie angezettelt haben, die habe ich sowas von satt! Das kannst du dir gar nicht vorstellen!"

„Ey, ich kann doch nix dafür, dass du in dieser Zwangsjacke steckst. Ich kann auch nix dafür, dass die nich geöffnet werden kann. Ich kann nur sagen, dass ich im Moment ganz froh bin, dass du das Ding trägst. Du hast dich ja überhaupt nich unter Kontrolle."

„Du hast gut reden. Du musst die ja auch nicht tragen! Du kannst deine nutzlosen Arme vollkommen frei bewegen. Ist dir das schon mal aufgefallen? Stattdessen lässt du die die ganze Zeit einfach nur an dir runterhängen!"

„Ich brauch die im Moment nun mal nich", kommentierte Steama, während er kurz an sich herunterschaute. „Aber vielleicht muss ich deshalb auch keine Zwangsjacke tragen. Weil ich nämlich nich zu körperlicher Gewalt neige. Ich hab andere Defizite. Klar. Deshalb muss ich ja auch andauernd mit den Rentnern reden. Das ist auch nich einfach. Kannst du mir glauben."

„Ach", kommentierte Willma abfällig. „Du und deine blöden Rentner. Ich hätte denen eine klare Ansage gemacht und die Sache wäre geritzt gewesen. Aber ihr blöden Junkies müsst ja immer alles ausdiskutieren. So ein Schwachsinn."

Plötzlich konnte Steama die Groschen in seinem Kopf fallen hören.

„Jetzt kapier ich das erst. Du hast deinen Mann genauso behandelt, wie du das jetzt bei mir versuchst. Stimmt's? Und dann hat dir dein Mann den Stuhl vor die Türe gesetzt. Hab ich Recht? Von wegen du würdest ihm den Arsch hinterher tragen und ihm jeden Wunsch von den Lippen ablesen und was du da alles erzählt hast. Der hat dich rausgeschmissen. So ist das nämlich. Und damit kommst du nich klar."

„Der hat sich eine Jüngere genommen! Irgendso ein dahergelaufenes Flittchen! Und das nachdem ich mein Leben für seine Karriere geopfert habe. Dieser undankbare Mensch! Der wollte mich sitzen lassen!"

Stolz darauf, auf die Idee gekommen zu sein, dass ihr Mann sie verlassen hatte, setzte Steama noch einen drauf, indem er ihr sie darauf hinwies, dass sie dann doch bestimmt eine richtig große Abfindung von ihm bekommen würde.

„Was? Abfindung? Das war nicht mein Arbeitgeber! Ich hätte ihn bluten lassen! Ich hätte sein gesamtes erbärmliches Vermögen einkassiert! Dieser blöde Sack! Undankbar war er. Jawohl. Das war er. Der hat mich gar nicht verdient!"

„Wieso sagst du ‚hättest' und nicht, dass du das machen wirst? Seid ihr schon geschieden oder so? So richtig mit Anwalt und alles ist geregelt?"

„So weit ist es gar nicht gekommen. Als er mir gesagt hat, dass er mich verlässt, habe ich das nächste beste schwere Ding genommen und bin auf ihn los."

„Ach du Scheiße", kommentierte Steama nach einer Schrecksekunde. „Jetzt sag bloß nich, dass du ihn umgebracht hast. Sag das jetzt nich."

„Keine Ahnung. Ich hab an der Stelle einen Filmriss. Deswegen wollte ich ja auch nach Hause."

Willma, deren aggressive Stimmung plötzlich vollkommen verschwunden war, ließ sich schwer auf den Küchenboden sinken. Steama schaute sie bedauernd an.

„Ey, Willma. Das ist gar nich gut. Filmriss in so einer Situation heißt glaub ich immer, dass was ganz Schlimmes passiert ist. Du wirst bestimmt schon gesucht."

Willma begann mit zitternden Schultern zu schluchzen.

Unerwarteter Besuch

„Hallo, bin wieder da!"

Steama war froh, Loreen zu hören. Vielleicht hatte die ja eine Idee, was man jetzt mit Willma anfangen musste. Er selber hatte jedenfalls keinen blassen Schimmer. Normalerweise hätte er spätestens jetzt den Ort des Geschehens verlassen, und er hätte damit erst aufgehört, wenn er ganz weit weg gewesen wäre. Aber diesen speziellen Ort konnte man nicht verlassen. Soviel hatte er kapiert.

Loreen brauchte nicht lange, um zu verstehen, dass in der Küche gerade irgendetwas Dramatisches passiert sein musste und dass Willma mal wieder komplett von der Rolle war. Bevor Loreen aber Steama bitten konnte, sie aufzuklären, rief hinter ihr eine männliche Stimme unsicher „Hallo? Ist da jemand?"

Als sich Loreen zu dem Mann umdrehte, konnte sie nicht fassen, wen sie da sah.

„Was machst du denn hier? Bist du jetzt zum Stalker geworden oder was soll das?"

„Frau Dubois? Ich…" Der Mann verlor für einen kleinen Moment die Kontrolle über sein Gesicht, bevor er sich räusperte und neu ansetzte. „Ich wusste nicht, dass Sie hier sind. Mein Taxifahrer hat mich hier abgesetzt. Er parkt nur noch schnell das Auto. Dann wird er es Ihnen selber erklären. Bitte verstehen Sie das. Er hat die Lenkzeit überschritten. Glücklicherweise kennt er dieses Haus hier. Es gehört wohl seinem Schwager."

Statt ihm zu antworten drehte sich Loreen zu Steama und Willma um.

„Hab ich euch von meinem Kunden erzählt, der mir einen Antrag machen und dafür seine Frau sitzen lassen wollte? Da steht er. Mein Kunde Erwin."

„Erwin?!" rief Willma in dem Moment, als sie endlich einen Blick auf den Besucher erhaschen konnte. „Bist du gekommen, um mich zu holen? So wie du das versprochen hast? Ich bin hier! Du musst mir nur diese dumme Jacke abnehmen. Das machst du doch für mich?"

In dem Moment, in dem Erwin Willmas Stimme hörte, wurde er aschfahl und starrte über Loreens Schulter auf die noch immer auf dem Boden sitzende Willma.

„Moment", Loreen stemmte ungläubig die Hände in die Hüften, „das ist deiner? Erwin ist der Typ, der dich verlassen hat, weil du nur noch einen auf Glucke gemacht hast?"

Erst jetzt kapierte Willma, wie Loreen ihren Erwin begrüßt hatte. Aggressiv schaute sie zwischen den beiden hin und her. Dann überdeckte sie sie mit den wildesten Flüchen. Gleichzeitig versuchte sie aufzustehen, was ihr aber nicht gelang. Ihre Phantasie, wie sie die beiden mit gezielten Tritten in empfindliche Körperregionen vernichten wollte, wurde dadurch nur noch mehr befeuert.

„Willma", versuchte Erwin sie zu beruhigen, obwohl er selber immer noch um Fassung rang. „Willma. Wie schön, dich hier zu sehen. Ich dachte du wärest…"

„Was heißt denn hier ‚schön, dich zu sehen?'" schrie Willma aus Leibeskräften. „Ich muss erfahren, dass du mich mit einer Nutte betrügst und dann kommst du wieder mit deinem saudämlichen Beruhigungsgewäsch! Ich hasse dich!!"

Hilfesuchend schaute er zu Loreen, die aber dankend abwinkte. Warum sollte sie sich in den Streit einmischen? Das konnten die beiden schön alleine miteinander ausmachen. Demonstrativ ging sie zu Steama, der sich schon ans andere Ende der Küche zurückgezogen hatte.

Willma fing wieder an zu weinen, wodurch den anderen erspart blieb, sich weitere gebrüllte Verwünschungen anhören zu müssen. Erwin ging hilflos ein paar Schritte auf Willma zu und begann damit, sinnlose Satzanfänge hintereinander zu reihen.

Das gab Steama die Gelegenheit Loreen zu sich zu ziehen und ihr ins Ohr zu raunen, dass er Erwin ebenfalls kenne. „Das ist der Doc, der mir die Spritze gegeben hat, Loreen.

Weißt du noch? Ich hab dir doch von dem Einbruch in der Villa erzählt. Mit der Toten auf dem Boden."

Als ob das ein Stichwort für Erwin gewesen wäre, erklärte er seiner Frau, dass er sie für tot gehalten habe, so wie sie da in der Halle gelegen habe und wie sehr er sich freue, sie jetzt so lebendig vor sich zu sehen.

„Aber die war tot. Ich bin mir sicher", kommentierte Steama ein bisschen zu laut in Loreens Richtung. Erwin, der Steama bis zu diesem Zeitpunkt noch gar nicht wahrgenommen hatte, drehte den Kopf in Steamas Richtung. Diesmal gelang es ihm nicht mehr, seine Fassung wieder herzustellen. Er wich ein paar Schritte zurück, hielt sich an einem Möbelstück fest und schaute immer wieder der Reihe nach Willma, Loreen und Steama an.

Loreen verdrehte genervt die Augen. Sie konnte ja noch verstehen, dass Erwin überrascht war, sie selber gemeinsam mit seiner Frau anzutreffen. Aber die geschockte Reaktion, die er jetzt vorspielte, war vollkommen überzogen.

„Pass mal ganz genau auf, Erwin. Dass du hier deine Frau triffst ist kein Grund dafür, hier einen auf schockiert zu machen. Aber wo du schon mal da bist. Ich hab läuten hören, dass du mit mir zusammenziehen willst. Jetzt sperr deine Lauscher mal richtig weit auf: Das läuft nicht. Niemals."

An Willma gewandt fuhr sie fort.

„Und das schreibst du dir gefälligst auch hinter die Ohren. Niemals würde ich etwas mit einem Kunden anfangen. Niemals! Ist das jetzt ein für alle mal klar?"

„Und", ließ sich Steama vernehmen, wobei er bei weitem nicht so selbstsicher klang wie Loreen. „Und was mich angeht. Ich lasse mir das mit der Toten in deinem Haus nicht anhängen. Ja? Auch verstanden? Ich bin nämlich jetzt clean. Mit den Drogen kriegst du mich nicht mehr."

„Ich verstehe das alles nicht", flüsterte Erwin so leise, dass es die anderen kaum verstehen konnten. Zuerst schaute er zu seiner Frau.

„Wir hatten uns gestritten. Plötzlich lagst du vor mir. Ich hatte dich mit einem Kerzenständer oder was auch immer am Kopf getroffen. Wieso sehe ich keine Wunde an deinem Kopf?"

Dann schaute er zu Steama.

„Und Ihnen hatte ich Drogen verabreicht. Eine sehr hohe Dosis. Wieso stehen Sie hier so vor mir? Das geht doch gar nicht."

Als letztes wendete er seinen Blick zögerlich zu Loreen.

„Ich hatte Ihnen einen Antrag gemacht, den Sie sofort abgelehnt haben. Mir ist noch immer nicht klar, warum sie vor mir weggelaufen sind. Jedenfalls war ich mir sicher, dass sie geradewegs vor einen Kleintransporter gelaufen sind."

Er machte eine Pause, die keiner der drei anderen unterbrach.

„Danach habe ich mich in mein Auto gesetzt und hatte den festen Vorsatz mit allem was der Motor hergeben würde, gegen eine sehr stabile Wand zu rasen. Ich verstehe das alles nicht. Eigentlich müssten wir alle Vier tot sein."

Irgendwie geht es immer weiter

Bevor das alles verdaut war, kam der Gastgeber in die Küche.

„Na, dann wären ja endlich alle versammelt", verkündete er mit fröhlichem Lächeln. „Wir versuchen immer so kleine Gruppen zu bauen. Eigentlich hätten Sie, Herr Schneider, schon beim ersten Sammeltaxi dabei sein sollen, aber wir hatten ein bisschen Schwierigkeiten, Sie wieder einzusammeln. Sie waren ja kein schöner Anblick mehr. Deshalb mussten wir Sie in das nächste Taxi setzen."

Der Gastgeber schaute frohgelaunt in die Runde.

„Damit können wir jetzt endgültig und offiziell mit unserem Programm anfangen."

Er klappte eine Dokumentenmappe auf und wandte sich an Erwin Schneider.

„Sie, Herr Schneider, werden als erste Maßnahme Ihren Erfahrungsschatz in der Betreuung drogenabhängiger Menschen vertiefen. Am besten Sie fangen direkt an."

Er zeigte zur Tür.

„Sie können es nicht verfehlen."

„Wen haben wir da noch?" fragte er gut gelaunt mehr sich selbst als die anderen, während er einen Zettel weiter blätterte.

„Frau Schneider, auf Sie wartet ein sehr interessantes Anti-Aggressionstraining. Das Ziel ist es, Ihnen zu zeigen, dass es sehr schön ist, wenn man etwas tiefenentspannter durch das Leben geht."

Er hielt ihr die Tür auf, hinter der ihr Mann gerade verschwunden war.

„Wenn ich bitten darf?"

„Herr Steve-Marc Peters, genannt ‚Steama'. Sie werden noch einige Zeit brauchen, um den ganzen unglücklichen Menschen zu begegnen, die Sie in ihrem kurzen Leben so in Angst und Schrecken versetzt haben. Sie werden übrigens merken, dass Sie damit eine ähnliche Aufgabe haben, wie Ihr alter Kumpel Lasso, der übrigens immer wieder versuchen wird, Sie zu finden und mit Ihnen seinen Frieden zu schließen."

Gut gelaunt zeigte er auf die Türe.
„Wenn Sie so freundlich wären?"

Mit dem letzten Zettel wandte er sich an Loreen.
„Für Sie habe ich eine gute Nachricht. Nadine wird Ihnen noch viele Ecken dieses Hauses zeigen. Ich höre, dass Ihnen die Segeltour gut gefallen hat? Das ist wirklich schön. Bei denen, die dieses Haus schlicht und einfach viel zu früh besuchen und so gar nichts Nennenswertes aufzubereiten haben, geben wir uns natürlich immer besonders viel Mühe. Deshalb werden Sie im Gegensatz zu Ihren drei Mitbewohnern ziemlich häufig außer Haus sein.

Noch besser als die Annehmlichkeiten, die auf Sie warten, wäre natürlich eine Rückkehr in Ihr altes Leben. Aber da sind mir die Hände gebunden. Ich bedauere."

Und sonst so?

Ein schon lange verstorbener Mathematiker, dessen Name mir leider nicht bekannt ist, meinte einmal sinngemäß, dass es aus wahrscheinlichkeitstheoretischer Sicht ganz sinnvoll sei, einigermaßen vernünftig zu leben, solange nicht wirklich klar sei, was danach noch so alles passieren könne.